novum **pro**

AF151720

CHRISTOPH ULBRICH

Heimreise
mit
Engeln

novum ◢ pro

Dieses Buch ist auch als
e-book
erhältlich.

www.novumverlag.com

Bibliografische Information
der Deutschen Nationalbibliothek:

Die Deutsche Nationalbibliothek
verzeichnet diese Publikation in
der Deutschen Nationalbibliografie.
Detaillierte bibliografische Daten
sind im Internet über
http://www.d-nb.de abrufbar.

Gedruckt in der Europäischen Union
auf umweltfreundlichem, chlor- und
säurefrei gebleichtem Papier.

© 2023 novum Verlag

ISBN 978-3-99146-167-8
Lektorat: Falk-Michael Elbers
Umschlagfotos:
Elen33, Panom Bounak,
Skypixel I Dreamstime.com
Umschlaggestaltung, Layout & Satz:
novum Verlag
Autorenfoto: LÜBECK Studio Foto
Krause

www.novumverlag.com

Climate neutral
Print product
ClimatePartner.com/16547-2201-1002

Inhaltsverzeichnis

KAPITEL 1

Paul und Peter

Es ist einer dieser freundlichen Spätsommertage, die in den letzten Jahren so selbstverständlich geworden sind. Karl-Heinz Jacobi liegt ganz gemütlich im Garten unter dem Birnbaum im Schatten und lässt die Seele baumeln. Seine Gedanken sind bei Marlene, mit der er fast 40 Jahre lang verheiratet war und die nach längerer Krankheit dann vor einem Jahr gegangen ist. Am heutigen Tag jährt sich dieses wichtige Datum also zum ersten Mal und die noch frischen Erinnerungen bieten eine gute Gelegenheit des Bedenkens und Besinnens.

Die Verkehrsgeräusche sind durch die rückwärtige Lage des Gartens sehr gedämpft, einige Vögel besingen den Nachmittag, die Insekten summen und die Stimmung ist freundlich und entspannend. Ein Hauch von Rosenduft umweht ihn. Etwas seltsam, denn in der Nähe wachsen keine Rosen.

In sein Vor-sich-Hindämmern-und-Träumen schleicht sich plötzlich ein recht ungewohnter und unerwarteter Eindruck ein. Es ist mit einem Mal ganz still. Kein Verkehr mehr, keine Vögel, keine Insekten. Nur irgendwie im Hintergrund ein melodisches vielstimmiges Summen, so als würde ein Chor in einiger Entfernung Stimmübungen machen.

So ein älterer Knabe lässt sich natürlich nicht so gerne aus seiner wohlverdienten Nachmittags-Verdauungs-Stimmung aufscheuchen. Die in diesem Moment und an diesem Ort höchst unpassende Situation völliger Stille bzw. das plötzliche Nachlassen der vertrauten Geräuschkulisse und an deren Stelle dieses andere Tönen verursachen bei ihm jedoch eine gewisse Unruhe und Nachdenklichkeit. Hat er sich vielleicht einen Hörsturz eingefangen? Hat ein Nachbar sein Radio angeschaltet und hört einen Klassiksender? Wurde für heute vielleicht ein verkehrsfreier Sonntag angesetzt? Aber warum schweigen die Vögel und sind die Insekten abgeschwirrt?

Alles Fragen, die wahrscheinlich leicht zu beantworten sind. Karl-Heinz muss nur die Augen öffnen, was er hiermit auch tut. Auf den ersten Blick ist alles gut und normal, aber dann erkennt er doch eine zunächst unerklärliche Änderung, die ihn hochfahren und wieder zurücksinken lässt und die den Puls hochtreibt.

Einige kleine Schritten entfernt bemerkt er zwei richtig seltsame Gestalten. Hochgewachsen, in weißen wallenden Gewändern, mit ernsten Gesichtern und aufmerksam eindringlichem Blick. Die Gewänder bodenlang, zu sehen sind lediglich die Gesichter und die Hände.

Wie diese Gestalten auf das Grundstück gelangt sein könnten, erschließt sich ihm nicht, es ist alles zugesperrt. Die eigenartige Veränderung der Geräusche, insbesondere dieses Chorsummen, das nebenbei bemerkt ständig ein wenig lauter wird, all das ist für ihn doch ziemlich ungewohnt, um nicht zu sagen beunruhigend. Trotzdem fühlt er sich in keiner Weise beunruhigt, es ist fast so, als hätte er diesen ungewöhnlichen Besuch erwartet.

Mit einer schwebenden Bewegung sind die beiden Gestalten jetzt neben dem Liegestuhl angelangt. Irgendwie schießt ihm der Gedanke durch den Kopf, dass es doch passend wäre, wenn er jetzt hören würde „Fürchte dich nicht" oder etwas Ähnliches. Nein, einer der Burschen, denn einen eher männlichen Eindruck machen sie zunächst, sagt ganz lapidar: „Hallo, Kalle."

Es ist nämlich so, dass sein Name tatsächlich Karl-Heinz Jacobi lautet, er aber von Freunden und Kollegen schlicht Kalle genannt wird. Woher die beiden Knaben seinen Namen kennen, sei dahingestellt, wird er aber bestimmt bald erfahren. Der eine der beiden streckt ihm seine Hand entgegen, um ihm aufzuhelfen, und meint: „Wir sollten jetzt reingehen, Kalle, es gibt einiges zu besprechen." So hat er es am liebsten: Ohne großartige Umschweife und Höflichkeitsfloskeln zum Punkt zu kommen.

Gesagt, getan. Zwei kräftige Hände packen seinen Unterarm und befördern ihn mit sanftem Schwung in die Vertikale. Sie gehen hinein. In die Wohnung kommt man vom hinteren Garten erst durch die Küche, und die ist, Überraschung, noch nicht aufgeräumt. Der Abwasch des Tages steht noch dort und erwartet die Dinge, die da kommen sollten. Lieb wie die beiden Gäste offensichtlich sind wird Kalle ins Wohnzimmer komplimentiert, die paar Handgriffe wollen die beiden schnell selbst erledigen, um ihm die Gelegenheit zu geben, sich erst mal zu beruhigen.

Tatsächlich etwas zittrig und immer noch verwirrt und ratlos sinkt er aufs Sofa. Aus der Küche tönen das Klappern des Geschirrs und die Stimmen der beiden, allerdings in einer Sprache, die ihm völlig fremd vorkommt, sich aber schön und interessant anhört. Melodisch und geschmeidig.

Abwasch erledigt, die Küche offensichtlich auch noch kurz durchgefeudelt, jetzt erscheinen die Herren und nehmen am Wohnzimmertisch Platz. Noch immer bleibt bei Kalle der spontane erste Eindruck einer gewissen Männlichkeit bestehen. Die Gesichter markant, die Bewegungen schnell, entschieden und selbstsicher. Beim näheren Betrachten des Überraschungsbesuchs entsteht der nächste verwirrende Eindruck: Das Antlitz des einen zeigt verblüffende Ähnlichkeit mit seiner lieben verstorbenen Marlene, der andere gleicht in vielen Ausprägungen seinem eigenen Spiegelbild. Das sich abzeichnende Gespräch wird bestimmt interessant werden, die beiden haben offensichtlich vor, ihm einiges mitzuteilen und zu erklären.

Die Unterhaltung beginnt der Besucher, der die erwähnte Ähnlichkeit mit Marlene aufweist. Er entschuldigt sich für das unerwartete und überfallartige Eindringen. Er erklärt: „Das ist gewissermaßen unsere übliche Methode, mit den uns anvertrauten Menschen in direkten Kontakt zu treten. Es haftet unseren Bewegungen immer eine gewisse Blitzartigkeit an. Das stellt sich für unsere eigene Wahrnehmung nicht so dar, aber für die Menschen, die wir aufsuchen, ist das meistens so.“

Das ist schon der erste Punkt, an dem Kalle nachhaken muss: „Was meinst du denn mit ‚anvertraut‘? Bedeutet das etwa, dass wir schon des Längeren eine Beziehung haben, von der ich nichts weiß? Ihr seid dann nicht einfach irgendwelche Aliens, die kommen und wieder gehen?“ Man muss wissen, dass er schon seit seiner Kindheit begeisterter Leser von guter SF-Literatur ist und schon von daher außerirdischen und übersinnlichen Ereignissen und Einwirkungen sehr aufgeschlossen gegenübersteht.

Genau genommen muss er sich jetzt allerdings ständig kneifen, um sich klarzumachen, dass er nicht möglicherweise einfach nur träumt, sondern ganz real vor zwei Personen sitzt und mit ihnen in seiner Sprache spricht. Personen, die scheinbar oder sogar offensichtlich nicht von dieser Welt sind.

„Nein, in der Tradition der religiösen Denkungsart, wie sie bei euch gepflegt wird, werden wir in der Regel

Engel genannt. Wir finden das nur zum Teil zutreffend. Wir würden den Begriff Begleiter oder Helfer vorziehen."

Klingt gut, damit ist eine erste Unklarheit schon beseitigt. Die nächste seiner Fragen bezieht sich auf einen Sachverhalt, der ihn schon lange beschäftigt: Die Frage nach dem Geschlecht der Engel oder eben Helfer oder Begleiter. In den alten Mythologien wird ja zum Beispiel von Göttern und Göttinnen gesprochen, nicht aber von Engeln und Engelinnen.

„Okay, diese Frage solltest du vielleicht mal mit Kulturhistorikern diskutieren. Für uns ist ganz klar, dass es auf den Ebenen, in denen wir uns bewegen, und bei den Geistern, die uns übergeordnet sind, keine Geschlechtlichkeit gibt, da wir uns nicht körperlich fortpflanzen. Dies ist eine Spezialität, die auf die Bewohner eurer Erde beschränkt ist und die ihr in einer ferneren Entwicklungsstufe ablegen werdet. Für eine ungeschlechtliche menschliche Fortpflanzung wird es in Zukunft Möglichkeiten geben, über die wir uns bei anderer Gelegenheit noch austauschen können."

Na, da wird ihm gleich zu Anfang schon eine ganze Menge an Infos, um nicht zu sagen Zumutungen, aufgetischt. Das muss doch erst mal ein bisschen verdaut werden.

„Also, hör mal, Kalle, so schwach bist du nicht auf der Brust. Wir wissen, dass du die Fragen, die wir jetzt zu besprechen haben, innerlich schon lange bewegst, nicht erst seit dem Heimgang deiner lieben Marlene." Das stimmt allerdings. Nicht erst in der Zeit von Marlenes offensichtlich zunehmend körperlichen Schwäche, sondern auch schon im Laufe vieler Jahre vorher waren bei ihnen Fragen nach dem Sinn des Lebens, nach der Einwirkung von unsichtbaren Kräften auf die Schicksale der Menschen und der Menschheit, die von der Schulwissenschaft oft nur unzureichend oder gar nicht behandelt, geschweige denn beantwortet werden, Mittelpunkt lebhafter Gespräche und Diskussionen geworden.

Treibende Kraft dieses Suchens war in der Regel Marlene, die mit ihrer Hartnäckigkeit und ihrem bisweilen aufreibenden Nachhaken sie beide in Höhen führte, die Kalle vorher nicht für möglich oder erreichbar gehalten hatte. So gesehen fügt sich mit dem Auftauchen dieses seltsamen Besuchs eine weitere Etappe in die schon lange andauernde Reise, die Marlene und Kalle vor langer Zeit gemeinsam begonnen haben und die mit ihrem Weggang, wie er jetzt erahnt, nicht endet.

„Nun gut, ich glaube so langsam zu verstehen, was hier im Moment alles passiert. Ich versuche es zumindest. Eins fällt mir allerding gerade auf: Ihr wisst zwar meinen Namen, habt euch mir aber noch gar nicht vorgestellt. Also ich höre."

Über die Gesichter der beiden huscht ein flüchtiges Lächeln. „Kalle, du hast vollkommen Recht. In eurer Welt würde es sich um einen Beweis mangelnder Höflichkeit handeln, wenn wir uns nicht vorstellen. In unserer Welt hingegen müssen wir zunächst nach unseren Namen gefragt werden. Das hat unter anderem den Grund, dass ein Wesen in unserer Welt mit der Nennung seines Namens einen tiefen Einblick in seine innerste Verfasstheit zulässt und sich damit sogar in gewisser Weise dem Fragenden ausliefert.

Namen und überhaupt Worte haben in unserer Welt eine viel tiefere Bedeutung und Kraft als in eurer Welt. Sie wirken unmittelbar magisch und man kann mit einem falschen und selbstsüchtigen Gebrauch viel Schaden anrichten. Das war in eurer Welt ähnlich, ist im Lauf der Weiterentwicklung aber flacher und bedeutungsloser geworden. Nun gut, unsere Namen lauten wie folgt: ..."

Die Wiedergabe dieser geheimnis- und bedeutungsvollen Namen, für Kalle klingen sie wie das Rauschen der Bäume im Wald oder das Brausen der Brandung am Meer, vermischt mit den Rufen der Vögel, würde den Rahmen dieses Berichtes sprengen und deshalb fällt ihm spontan eine andere Lösung ein: „Ihr Lieben, wie ihr wisst, hat Adam in der Schöpfungsgeschichte allen Wesen seiner Umgebung im Auftrag Gottes Namen gegeben. Was würdet ihr davon halten, um es mir einfacher zu machen, wenn ich euch schöne menschliche Namen geben würde?"

Zustimmendes Lächeln und Nicken.

„Also gut, dann taufe ich euch Peter und Paul." Die beiden sind von der Idee durchaus angetan, immerhin handelt es sich um die Urväter der christlichen Gemeinde. Der Helfer mit seiner Ähnlichkeit zu Marlene soll ab jetzt ‚Paul' heißen, der Helfer von Kalle trägt den Namen ‚Peter'. Nun treibt ihn bereits die nächste Frage um: „Für mich ist das alles, wie ihr wisst, nicht so einfach. Insbesondere fällt mir auf, und verstehen kann ich es höchstens ahnungsweise, dass ihr Marlene und mir irgendwie ähnlich seht."

„Na klar, eine wichtige und zentrale Frage. Sie ist recht einfach zu beantworten: Wie wir schon erwähnt haben, ist unsere wichtigste Aufgabe, zu begleiten und zu helfen. Dieser Aufgabe kommen wir in einem für uns überschaubaren Zeitraum nach. Und zwar seit dem Beginn der menschlichen Entwicklung.

Für euch Menschen ist diese Zeit nicht so überschaubar, weil ihr ein ganz anderes Verhältnis zu Raum und Zeit habt als wir.

Raum und Zeit fließen in unserer Welt zusammen, in einem Kontinuum, wo alles gleichzeitig geschieht und nicht geschieht. Alles was ihr wohlgeordnet Vergangenheit, Gegenwart und Zukunft nennt, fließt für uns in EINS zusammen, wogt in Dehnung und Kontraktion, Wildheit und Beruhigung, Brausen und Wispern.

Wenn du oder ein anderer Mensch in dieses Kontinuum unvorbereitet und bei vollem Bewusstsein eintreten würde, erschiene es euch als ein einziges furchtbares Durcheinander und eine Toberei. Ihr würdet buchstäblich zerrissen werden und verrückt.

In dieser Welt des Kontinuums wohnt ihr natürlich genauso wie wir, nur gänzlich unbewusst. Ihr seid durch die Trugbilder von Raum und Zeit vor den für euch schädlichen unmittelbaren Einflüssen der Schöpfungs- und Willenskräfte des Kontinuums geschützt, da ihr die Energie, in dieser Welt mit wachem Bewusstsein zu bestehen, erst in Zukunft langsam entwickeln werdet.

Die Wirklichkeit der Urexistenz eines solchen schöpferischen Kontinuums, das alles Werden und Vergehen, alle Räume und Zeiten in sich schließt, wird dir die Vorstellung vom Werden und Vergehen jeder einzelnen menschlichen Persönlichkeit in sich wiederholenden Erdenleben gewiss leichter machen. Marlene und du, ihr habt in euren Forschungen und Gesprächen ja auch schon solche Grenzbereiche des Erkennens abgetastet und euch ihnen angenähert. Du bist bezüglich dieser Fragen also nicht ganz unvorbereitet und so kann dir der Gedanke ebenso vertraut werden, dass es Geister gibt, deren Aufgabe es ist, die einzelnen Menschen auf ihrer Reise durch die Zeiten und Räume zu begleiten und ihnen zu helfen.

Jeder Mensch verfügt über einen solchen Begleiter, der seit Beginn der Zeiten treu an seiner Seite steht, und so kannst du dir sicher besser vorstellen, dass zwischen dem Menschen und seinem Helfer im Laufe der langen gemeinsamen Entwicklung sogar äußerliche Ähnlichkeiten zu Tage treten. Im Guten, wie im Schlechten, im Schönen wie im Hässlichen."

Also gut, Marlenes Begleiter ist also Paul, Kalles persönlicher Begleiter ist Peter. Damit stellt sich für ihn schon die nächste Frage: „Warum bekomme ich von euch beiden Besuch. Sogar von Marlenes Begleiter?"

„Nun, wir haben uns sozusagen angefreundet. Wir begleiten euch ja schon recht lange gemeinsam, nicht erst in diesem Leben, da ihr, Marlene und du, euch auch in früheren Zeiten schon begegnet seid und viel miteinander durchgemacht habt. In einem guten Sinne sind wir dadurch ein richtiges Team geworden. Außerdem ist Marlene zurzeit noch ganz nahe bei dir, in eurer und ihrer vertrauten Umgebung."

„Aha. Aha. Aber bitte verzeiht: Was bin ich nur für ein Gastgeber! Ich habe euch ja noch gar nichts angeboten. Möchtet ihr eine Kleinigkeit trinken, vielleicht ein Stück Kuchen essen oder einen Keks?"

„Nö, danke. Wir haben schon gegessen."

„Ach so."

„Nein, im Ernst. Die Notwendigkeiten unmittelbarer Nahrungsaufnahme sind für uns schon lange vorbei. Was du hier vor dir sitzen siehst, sind nicht stoffliche Leiber, wie ihr Menschen sie mit euch herumtragt, um nicht zu sagen schleppt. Unsere Körper sind sogenannte Phantom-Leiber. Diese entstehen im Lauf langer Entwicklungen durch eine sich immer stärker ausprägende Entstofflichung und Vergeistigung unserer ursprünglich materiellen Leiber, die wir, ganz genauso wie ihr jetzt, über einen langen Zeitraum an uns getragen haben.

Die geistige Kraft, die wir bei uns im Lauf der Entwicklung bis heute ausgebildet haben, würde einen rein stofflichen Leib, wie du einen hast, in kurzer Zeit auslaugen, verbrennen und veraschen. Wir müssen uns aus unserer geistigen Kraft heraus erhalten, und benötigen dadurch zum Beispiel auch keinen Schlaf. Wir ernähren uns, etwas verkürzt ausgedrückt, von Licht und Liebe."

Wieder so ein Knaller. Das wird ja immer interessanter.

Paul und Peter lächeln: „Du ahnst schon, dass auf dich starker Tobak zukommt. Und wir versprechen, dass da kommt noch viel mehr kommt.

Zunächst haben wir eine etwas längere gemeinsame Reise geplant zu einem wichtigen Treffen mit einem unserer entfernteren Verwandten, als Einstimmung für alles Weitere, was auf diesem Wege noch auf dich zukommen wird und welchen Herausforderungen du dich wirst stellen müssen. Begeben wir uns also erst mal auf einen kleinen Vergnügungstrip. Halte dich fest: Es handelt sich nur um den guten alten Mond."

KAPITEL 2

Vorbereitung

Na also, so langsam wundert Kalle nichts mehr. Eine nette Karriere: Vom Arbeiter über Rentner und Witwer zum Astronauten! „Habt ihr denn schon ein Raketen-Taxi bestellt? Irgendwie müssen wir doch dort hinkommen. Oder habt ihr vielleicht einen ‚Beamer'?"

„Klasse Idee, aber nein, beamen müssen wir uns nicht. Wir müssen es nur wollen." Paul und Peter schauen sich schmunzelnd an. Immerhin besser, als wenn sie jetzt weinen müssten. Bei Kalles vielen törichten Einwänden.

„Nein, Kalle, töricht ist was ganz anderes. Wie du weißt, gibt es keine dummen Fragen, sondern nur dumme Antworten. Das ist bei uns nicht viel anders als bei euch auf der Erde." Also gut. „Wie du ja schon gehört hast verfügst du wie alle Menschen auf der Erde über einen Phantom-Leib, der genau dem entspricht, was du hier an uns vor dir sitzen siehst. Die Phantom-Leiber der Menschen sind allerdings sehr verschieden kräftig entwickelt. Das hängt damit zusammen, wie intensiv sie im Lauf ihrer Entwicklung an sich gearbeitet haben: An der Klarheit ihres Geistes, an der Verschönerung ihrer Gefühle und an der Kräftigung ihres Willens.

Wir müssten jetzt als Nächstes erstmal deinen Phantom-Leib untersuchen, ob er sich überhaupt unbeschadet von deinem stofflichen Leib lösen lässt, ohne dass du das Bewusstsein verlierst oder sonst einen schlimmen Schaden nimmst. Denn eins ist klar, deinen stofflichen Leib kannst du auf die Reise zum Mond keinesfalls mitnehmen. Die Kräfte, die nötig wären, um diesen materiellen Klumpen auf dem Mond, in dieser extrem lebensfeindlichen Umgebung, am Leben zu halten, hast du nicht und haben wir auch nicht. Und den ganzen kuriosen technischen Aufwand, der von eurer Wissenschaft aufgewendet werden muss für einige kürzere fruchtlose Spaziergänge auf eurem Trabanten, können und wollen wir nicht treiben."

‚Wow' denkt Kalle ‚dass ich all solche Dinge in meinem fortgeschrittenen Alter noch erleben darf!' Er soll jetzt also einem geistig-seelischen Gesundheits-Check unterzogen werden. ‚Und wenn ich den bestehe' überlegt Kalle ‚bekomme ich dann einen interstellaren Führerschein ausgestellt?'

Er fragt sich, ob er das richtig verstanden hat: Es soll wohl nur eine Praxisprüfung geben und keine Theorie. Was für ihn auch besser ist, denn er hat sich Zeit seines Lebens als Praktiker gesehen, nicht so sehr als Theoretiker. Wobei ihm immer wichtig ist, anzumerken, dass nach seinen persönlichen Eindrücken die Praktiker auch die besseren Theoretiker sind. Diese Info teilt er aber natürlich ganz im Vertrauen und nur nebenbei mit. Es gibt nämlich, nach seiner Erfahrung, eine ganze Menge Menschen, die das genau andersherum sehen und sehr ungemütlich werden können, wenn man nicht ihrer Meinung ist.

Das ändert allerdings nichts an der Tatsache, dass der Nagel nun einmal nie und nimmer in die Wand gedacht werden kann, sondern nur gehämmert. Fragt einfach den schmerzenden Daumen, wenn der Hammer mal daneben geht!

Paul und Peter haben sich in der Zwischenzeit neben das Sofa gekniet, auf dem Kalle Platz genommen hatte, und ihn genötigt, sich vorsichtshalber hinzulegen, falls

18

er aus irgendwelchen Gründen plötzlich umkippen oder sonst etwas Unvorhergesehenes passieren sollte.

Sie beginnen einen Gesang, der sich ganz ähnlich wohltönend anfühlt, wie das Tönen, das er draußen im Garten vernommen hatte, als die beiden so plötzlich in Erscheinung getreten sind. Dieses Tönen und Summen erinnert ihn an einen wunderschönen aber auch tragischen Film ‚Wie im Himmel‘, den er vor vielen Jahren mal im Kino gesehen hat.

Es ging um einen Stardirigenten, der aus gesundheitlichen Gründen eine Auszeit einlegen muss, zur Erholung und Entspannung in sein Heimatdorf zurückkehrt, dort angekommen es aber doch nicht lassen kann und aus den Dorfbewohnern einen Laienchor formt, der sich so gut entwickelt, dass er sogar an einem internationalen Chorwettbewerb in Salzburg teilnehmen darf. Beim entscheidenden Auftritt holen die gesundheitlichen Probleme den Dirigenten aber doch wieder ein, und sein Chor steht ziemlich ratlos vor dem Publikum. Aus der Not beginnen die Chormitglieder einfach mit ihren Stimmübungen, dem Summen und Tönen. Und spontan steht das gesamte Publikum auf und tönt und summt ebenfalls. Ein überwältigendes Zusammenklingen. Das ist einer der Filme, die Kalle auch nach wiederholtem Anschauen immer wieder zu Tränen rühren.

Nun, was bewirkt das Summen und Tönen seiner Besucher bei ihm? Es fühlt sich für ihn alles mit einem Mal ganz leicht an, total verrückt aber schön, und tatsächlich, er erlebt sich schwebend im Zimmer. Der Blick schweift hierhin und dorthin. Er wendet sich, so ungefähr aus Deckenhöhe, zum Sofa und den beiden Knienden. Und zu dem Körper, der dort ganz still auf dem Sofa liegt. Ein seltsam fremder Eindruck: ‚Aber das bin doch ich!‘

Ein panisches und würgendes Gefühl stellt sich bei ihm ein. Er saust hektisch kreuz und quer durch das Zimmer, die Reise geht aus Versehen sogar durch die Decke und die Wände, und mit einem Schrei und einem Knall verschwindet er in diesem für ihn im Moment unglaublich fremden Körper, der wohl tatsächlich sein Körper sein muss, denn im selben Augenblick fährt er hoch, schweißgebadet und zittrig.

„Mannomann, das war jetzt anstrengend!"

Paul und Peter knien noch vor dem Sofa und begeben sich zurück in ihre Sessel. „Also, das ist jetzt richtig gut gelaufen, Kalle. Besser, als wir erwartet haben. Dein Phantom-Leib ist schön kräftig, gut durchgebildet und wird sich nach einiger Übung auch gut lenken lassen. Dass es für dich sehr ungewohnt, ja sogar erschreckend sein würde, damit haben wir gerechnet. Dich irgendwie vorbereiten konnten wir aber nicht. Der Test wäre durch Erwartungshaltungen und Vorurteile, die du wie jeder Mensch auf dieser Erde in dir trägst, verfälscht worden und im Ergebnis ungenau ausgefallen.

Das war der berühmte Sprung ins kalte Wasser: Schwimmen oder Untergehen. Das klingt hart, aber die Mission, die wir gemeinsam zu erfüllen haben, geht weit über jedes Eigeninteresse persönlichen Wohlergehens oder Abenteuerlust hinaus. Du bist jetzt auf dem Weg, zusammen mit uns und mit unserer Unterstützung, ein Geist-Krieger zu werden.

Die Erde und damit alle Menschen, die helfenden und begleitenden Geister, und sogar die noch darüber befindlichen Ebenen geistiger Wesen und Heerscharen, befinden sich aktuell in krisenhafter Unruhe. Dabei stellen sich die Klimakrise, Gesundheitskrisen, Finanz- und Wirtschaftskrisen, Hunger-, Versorgungs- und Verteilungskrisen, Kriege und, nicht zu vergessen, die grassierenden Nöte jedes einzelnen Menschen durch zunehmende Orientierungslosigkeit, übertriebene Ich-Sucht, Mitleidlosigkeit, Vereinzelung, gnadenlose Ausbeutung, Selbstausbeutung, Irrsinn und Abirrungen auf allen seelischen und emotionalen Ebenen lediglich als äußere Symptome einer systemischen Verwahrlosung dar, die nur durch das Aufbieten aller Kräfte der Guten und der Tapferen und unter großen persönlichen Opfern in eine andere Richtung, eine Richtung der Besserung, gelenkt werden kann."

,Na, da gehen Paul und Peter ja richtig in die Vollen' denkt Kalle. Er überlegt, dass der kurzzeitige Schwebezustand außerhalb seines Körpers eigentlich gar nicht so schlecht war. Er hätte doch abzischen und das ganze Elend einfach hinter sich lassen können. Er wäre nicht einmal auf Nahrungszufuhr angewiesen, wie die beiden ihm netterweise geflüstert haben. Sollen die blöden Menschen sich doch alle fröhlich gegenseitig abschlachten und vergiften, vergewaltigen und ersticken. Ist das sein Bier? Ihm wurde auf alle Fälle ein schöner und gangbarer Ausweg gewiesen. Es muss doch einen Grund haben, dass die beiden Helfer ihn so nett aufgesucht und ihm, vielleicht nicht ganz direkt aber doch deutlich genug, einen gangbaren Fluchtweg aufgezeigt haben!?

Peng!!! Was war das denn?! Wurde Kalle da gerade von jemandem eine Kopfnuss verpasst? War da etwa Marlenes Stimme zu hören?

Da sitzt er also, kann nichts anderes, zu helfen ist ihm nicht. „Hört mal, liebe Leute, ich muss erst mal verschwinden, und danach schnappen wir ein bisschen frische Luft im Garten. Ich glaube, ich brauche jetzt Sauerstoff. Euch reichen ja Licht und Liebe. Licht haben wir da draußen noch reichlich, die Liebe, da müssen wir mal sehen, wo wir die herkriegen."

Gesagt, getan: Erleichtern, Hände waschen, abtrocknen, mit einer Tasse Kaffee in den Garten. Paul und Peter vergnügen sich dort schon ein bisschen. Als Wesen, die keinen Schlaf brauchen, haben sie keinerlei Schwierigkeiten, sich Betätigungen zu suchen und sich nützlich zu machen. Marlene war auch so: Ein Mensch der Tätigkeit. Innerer und äußerer Tätigkeit und Bewegung.

Nebenan sitzen die Nachbarn, Herr und Frau Mundt, bei Kaffee und Kuchen auf ihrer Veranda. Nur Paul und Peter sind im Moment nicht zu sehen. Haben sie sich vielleicht versteckt, um von den Nachbarn nicht bemerkt zu werden? Da hat Kalle die beiden aber ganz falsch eingeschätzt: Sie sind einfach plötzlich kräftig geschrumpft, so ca. 15 bis 20 Zentimeter Körpergröße, und toben sage und schreibe auf dem Gartentisch der Mundts herum zwischen Tassen, Tellern, Kanne, Strickzeug und Lektüre. Offensichtlich sind sie für die Nachbarn unsichtbar, sie können wohl nur von Menschen gesehen werden, von denen sie gesehen werden wollen. Echt praktisch. Solch eine Fähigkeit hat Kalle sich auch immer gewünscht.

In diesem Moment sind die beiden Spaßvögel auf den Schultern von Herrn Mundt gelandet. Für Kalle ist das etwas anstrengend, da er sich während der Unterhaltung mit den Nachbarn mit großer Mühe das Lachen verkneifen muss. Paul und Peter machen sich währenddessen am Kopf von Herrn Mundt zu schaffen, fummeln an seinen Ohren, ziehen die Haare und jetzt verschwinden ihre Hände und Arme sogar in seinem Kopf. Das sieht dann doch ein wenig grauslich aus. Zum Glück dauert es nicht lange, sie sind offensichtlich fertig, was auch immer sie da zu schaffen hatten, hüpfen vom Tisch auf den Zaun und sind auch schon in der Küche verschwunden. Kalle verabschiedet sich eilig und schließt die Küchentür hinter sich.

„Was in aller Welt hatte das jetzt zu bedeuten?!"

Paul und Peter haben wieder ihre Normalstatur, ca. zwei Meter Körpergröße, was auch besser zu ihnen passt.

„Das muss dir natürlich komisch vorkommen, was wir da veranstaltet haben. Es ist aber ganz einfach zu erklären. Dass wir in jeder passenden Größe und Gestalt auftreten können, wird dich nicht überraschen. Was wir am und im Kopf von Herrn Mundt zu suchen hatten, bedarf selbstverständlich der Erklärung.

Beim Tanzen haben wir bemerkt, dass Herr Mundt einen langsam wachsenden Hirntumor hat. Noch nicht lebensgefährlich und nicht streuend. Aber in einiger Zeit vermutlich doch lästig, da er ziemlich ungünstig sitzt. So haben wir also mit unseren heilenden Händchen kurz entschlossen die kranke Stelle im Gehirn aufgesucht und das Gewächs geknetet und bearbeitet. In einigen Tagen wird der Tumor abgestorben sein, und wir haben auch keine andere Stelle gefunden, die in Zukunft Probleme machen könnte. Das war also gewissermaßen eine Kurzinspektion mit Spontanreparatur und wir glauben, dass alle glücklich sind. Stimmts?"

KAPITEL 3

Mondfahrt

„Wenn ihr das sagt. Bei der Gelegenheit könnt ihr mich ja auch noch schnell durchchecken. In meinem Alter hat sich bestimmt schon das Eine oder das Andere eingenistet, wovon ich nichts merke und was die Ärzte leider noch nicht entdeckt haben."

„Mach dir keine Sorgen. Da ist nichts Akutes, und über deine chronischen Zipperlein weißt du hinlänglich Bescheid. Im Übrigen mussten wir uns für den kleinen Eingriff bei Herrn Mundt auch erst die Genehmigung einholen. Aus Lust und Tollerei dürfen auch wir nicht so ohne Weiteres in den Schicksalslauf der Menschen eingreifen. Das muss an höherer Stelle erst mal abgeklärt werden, was im Falle von Herrn Mundt aber auf dem Kleinen Dienstweg ganz entspannt zu machen war.

Wie du siehst, gibt es auch in unseren Kreisen eine Art Bürokratie, die aber für die menschliche Wahrnehmung ganz anders funktioniert, als bei euch in euren hässlichen Bürotürmen, wo die einzelnen Abteilungen oft sogar gegeneinander arbeiten, wo Macht- und Kompetenzrangeleien stattfinden und durchaus eher eine Kultur der Reibereien und Eifersüchteleien gepflegt wird als ein Bemühen um Zusammenklang und Ineinandergreifen.

In unserer Welt hingegen wirken wir mit unseren Kräften zusammen, wie in einem riesigen Orchester, mit Führungsinstrumenten und eher unterstützenden Stimmen, wobei Führungsrolle und Unterstützung auch ganz leicht und schnell fließend wechseln.

Jetzt wollen wir uns aber erstmal deinem Phantom-Leib zuwenden. Bislang wusstest du nicht einmal von seiner Existenz. Seine Hauptaufgabe war bisher, dich einfach am Leben zu erhalten. Außerdem sorgt er des Nachts dafür, dass dir reinigende und stärkende Kräfte und Energien zugeführt werden. Von alldem bekommt der normale Mensch nicht das Geringst mit. Es bleibt ihm verschlossen, denn die Versuchung für ihn wäre viel zu groß, dass er die Kräfte, die da in dieser nächtlichen Schlafenszeit hin und her fließen, in unzulässiger und selbstsüchtiger Weise gebrauchen und missbrauchen würde.

Nun haben wir vorhin diesen Test mit dir durchgeführt, der zu unserer Freude gut ausgegangen ist. Es hätte auch anders sein können, aber wir sind dieses Risiko eingegangen, da wir uns sehr sicher waren, dass die von dir entwickelten Persönlichkeitskräfte ausreichen würden, um in dieser gefährlichen Situation zu bestehen und nicht auf Abwege zu geraten."

„Komisch, so gefährlich habe ich das überhaupt nicht empfunden. Es waren allerdings, das muss ich zugeben, eine ganze Menge widerstreitender Gefühle, die in dieser Situation auf mich eingestürmt sind. Zunächst Überraschung, dann Befremden und Verwirrung, dann sogar eine Art Panik, und dann war es ja auch schon vorbei."

„Siehst du, es war nicht so ganz ohne. Aber du hast es doch gut gemeistert. Du bist dann schleunigst in deinen Körper zurückgekehrt, als es dir unheimlich wurde. Wenn du dich anders entschieden hättest, würdest du wer weiß wo rumschwirren, und auch wir hätten eventuell große Schwierigkeiten gehabt, dich wiederzufinden und dir bei der Rückkehr zu helfen.

Das sind eben die bitteren Wahrheiten und Gesetze unserer Welt, dass es bei jeder unserer Entscheidungen um Sein oder Nichtsein geht. Wir kennen keine Kompromisse, kein Verhandeln oder Feilschen. Es gibt nur weiß/schwarz, gut/böse, wahr/verlogen, heiß/kalt, liebevoll/hasserfüllt. Die Zwischentöne habt ihr in eurer Welt, und dadurch sind Entscheidungen bei euch leichter, weil es in der Regel Auswege gibt, wenn etwas nicht so läuft wie geplant. Das haben wir nicht. Bei uns ist alles unmittelbar und unausweichlich existenziell."

Große Augen, runtergefallener Unterkiefer. Gut, dass Kalle im Moment keinen Spiegel zur Hand hat. Es wäre für ihn kein schöner Anblick: Die personifizierte Ratlosigkeit. Es ist wahrlich ein hartes Brot, das ihm die beiden Freunde da zu kauen geben.

Paul und Peter blicken halb besorgt, halb belustigt, aber auf jeden Fall liebevoll. Das braucht Kalle jetzt auch. Er ist schließlich nur ein Mensch und kein Engel. Gut, dass ihm das in diesem Moment einfällt: Was wollen die beiden eigentlich genau von ihm? Er hatte doch hoffentlich richtig verstanden, dass es ihre Aufgabe ist zu helfen, und er zu denjenigen gehört, denen geholfen wird. Wie war das eigentlich gemeint mit dem Geist-Krieger? Was würde Marlene zu dem ganzen Aufstand sagen? In solchen Fragen hat sie immer guten Rat gewusst, auch wenn er nicht immer gleich verstanden hat. Ihm schwant, dass er sich jetzt einfach mehr Mühe geben muss und schnell verstehen.

„Genug des Grübelns, Kalle. Du bist doch ein Mann der Tat. Lass uns deshalb einfach mit den Übungen deines Phantom-Leibes beginnen. Aber vorher sind wir dir einfach noch ein paar Erklärungen schuldig. Da hast du vollkommen Recht und Marlene ist auch der Meinung.

In einigen Tagen wird in Ostafrika an der Küste des Indischen Ozeans eine Tagung besonders weit fortgeschrittener Menschen stattfinden, zu der die Meister eingeladen haben.

Die Meister sind Menschen, die durch ihre Entwicklung bereits andere Aufgaben übernehmen können, als die Menschen, die ihr Schicksal auf der Erde noch nicht erfüllt haben. Diese Meister stehen in etwa auf unserer Entwicklungsstufe, der Stufe der Engel, Begleiter oder Helfer. Sie wirken in der Regel aus der Sonnensphäre heraus. Einige von ihnen haben sich jedoch entschlossen, weiterhin auf der Erde in stofflichen Leibern zu wirken und so das schmerzliche Schicksal der Menschen auf der Erde zu teilen und zu erleichtern.

Solche Treffen finden in großen Abständen immer wieder statt, wenn die Situation es erfordert. In wenigen Tagen ist es so weit, und ihr beide, Marlene und du, seid herzlich eingeladen. Außerdem natürlich wir als die begleitenden Helfer. Soweit vorhanden, sollen die stofflichen Leiber mitgebracht werden, was bei den meisten Teilnehmern der Fall ist. Und natürlich bei dir. Insofern werden wir den Flieger nehmen müssen. Das Ticket für dich ist bereits gebucht, du musst es nur am Flughafen abholen."

‚Peng, Peng, Peng! Die Einschläge kommen immer näher' denkt Kalle. Und er hatte sich so auf den geruhsamen Ruhestand gefreut. Irgendwie war doch mal vor einiger Zeit der Begriff ‚Un-Ruhestand' aufgekommen? War wohl kein Irrtum.

„Na, dann mal los. Mit dem Alter wachsen die Herausforderungen. Wer hätte das gedacht. Irgendwie wollte ich doch schon immer mal nach Afrika. Die Wiege der Zivilisation. Für mich bestimmt die letzte Gelegenheit."

Paul und Peter schauen mal wieder etwas besorgt aus ihren wallenden Gewändern: „Kalle, das wird keine Touri-Aktion. Das wird konzentrierte und harte Arbeit."

„Alles klar. Fangen wir jetzt mit den Phantom-Übungen an?"

Nachdem Kalle den ersten Ausflug aus seinem stofflichen Leib schon ganz gut absolviert und heil überstanden hat, fühlt er sich nach etlichen ausführlichen Unterweisungen, Ratschlägen und Kommentaren sicher genug, den Phantom-Leib mit eigener Kraft aus der Verbindung mit seinem stofflichen Leib herauszulösen und durch die Gegend zu steuern. Ein loser Kontakt mit dem stofflichen Leib bleibt dabei bestehen, eine Art Nabelschnur, da dieser absterben würde, wäre die Verbindung auch nur für einen Moment unterbrochen.

Das Fliegen erfordert eine erhebliche Konzentration, denn der Phantom-Leib folgt jedem umherirrenden Gedanken, der aufblitzt und wieder verschwindet. Es muss einfach jederzeit ganz klar sein, wer Ross ist und wer Reiter. Insofern haben Paul und Peter vollkommen Recht mit ihrem Hinweis, dass vor einer größeren Exkursion einige Zeit des intensiven Übens eingeplant sein muss. Es kommt Kalle hierbei so vor, als sei er bisher einen kleinen Motorroller gefahren, um plötzlich unvorbereitet auf einen hochmotorisierten Sportwagen umzusteigen. Allerdings hat das Fliegen mit dem Phantom-Leib gegenüber dem Sportwagen den Vorteil, dass bei Fahr- bzw. Flugfehlern keine materiellen Schäden angerichtet werden können. Der Pilot fliegt durch die Hindernisse einfach hindurch.

Paul und Peter sind recht bald ganz zufrieden mit den erzielten Fortschritten und erklären jetzt, was es mit dem ominösen Besuch auf dem Mond auf sich hat. Kalle soll dort einen entfernten Verwandten der beiden treffen und wenn möglich mit ihm ins Gespräch kommen.

Er wird allerding gewarnt, bloß keine falschen Vorstellungen von diesem Treffen zu haben. Die verwandtschaftliche Verbindung sei in der Tat sehr weitläufig und man habe auch schon lange keinen Kontakt miteinander gepflegt. Man habe sich so richtig auseinandergelebt, was auch in den Familien der Menschen ja gar nicht so selten vorkomme. Dafür hat Kalle natürlich vollstes Verständnis. Wie heißt es so schön: Familie kann man sich nicht aussuchen, Freunde allerdings sehr wohl.

Die beiden Engel meinen, dass es für sie so wichtig sei, und der Kontakt mit Kalle deshalb eine glückliche Fügung, dass durch seine Vermittlung wiederum eine gewisse Wahrnehmung mit der fremdelnden Verwandtschaft stattfindet, insbesondere vor dem großen Treffen an der afrikanischen Ostküste.

Nun gut, sie stellen fest, dass es losgehen kann und mit einigem Herzklopfen auf Kalles Seite rauscht das Trio in Richtung Mond, der gerade mit einer wunderschön strahlenden schmalen Sichel am Himmel steht. Rauschen ist allerdings etwas ungenau ausgedrückt: Sie fassen gemeinsam den festen Gedanken an das Ziel und sind auch schon dort angekommen. Also doch so eine Art „Beamen". Aber die SF-Nostalgie kann beiseite bleiben. Die Realität ist unvergleichlich reichhaltiger und spannender.

Sie sind auf der erdzugewandten Seite des Mondes gelandet und genießen den herrlichen Ausblick auf die blau strahlende Erdkugel, wie man ihn aus Berichten, Fotos und Filmen der Astronauten kennt, die bereits vor ihnen auf diesem geheimnisvollen, entrückten und doch vertrauten Himmelskörper gelandet sind oder ihn umrundet haben.

Die beiden Freunde haben einen der riesigen Krater als Landeplatz ausgesucht, die die Mondoberfläche in großer Zahl bedecken. Im Zentrum dieses Kraters ragt eine Art Tafelberg hoch auf, es können locker einig hundert Meter sein. Sie befinden sich am Fuße dieses Tafelberges und Kalles erster verblüffender und ganz unerwarteter Eindruck von der Oberfläche des Erdtrabanten ist, dass er keineswegs so unbelebt wirkt, wie die Wissenschaftler es immer vermutet und die Astronauten dann bestätigt haben. Um sie herum bemerkt Kalle im Gegenteil ein Gewusel und Gewimmel von verschiedenartigsten Gestalten. Klein und groß, bizarr und bedrohlich.

Es erinnert ein wenig an die Gruselfiguren, die von Tauchern und Wissenschaftlern in den Tiefseegräben auf der Erde entdeckt worden sind, die ebenso den unangenehmen Eindruck von Fremdheit und Feindseligkeit vermitteln wie die Schauergestalten, die den Landeplatz bevölkern und bewimmeln.

Kalles erste spontane Reaktion ist das dringende Bedürfnis, sofort mit einer Fliegenklatsche, oder noch besser mit einem dicken Knüppel, dazwischen zu gehen und das schwachsinnige Gewusel zumindest auf Abstand zu halten. Die Albtraumgestalten erweisen sich nämlich als ziemlich zudringlich und versuchen an den Kleidungsstücken zu fummeln und zu fingern und sogar Stoffstücke abzureißen oder abzubeißen. Die Umgebung ist von Geheul und Gekreisch erfüllt. Ein wahrlich übler und schwindelerregender Empfang.

„Kalle, beruhige dich bitte. Knüppeln, Hauen und Treten nützen in diesem Fall nicht das Geringste. Es stachelt sie sogar noch an. Manche von ihnen mögen es sogar verprügelt zu werden."

Paul hält eine Art Flammenschwert in der Hand und lässt es auf die Köpfe der unangenehmsten Murks-Wesen herabsausen. Wütendes Kreischen und Toben, aber sie weichen doch schon ein bisschen zurück. Dann ertönt ein Donner-Befehl aus dem Mund von Peter und der ganze Spuk verflüchtigt sich in das umliegende Ringgebirge, von wo aber immer noch Wutgeheul und Hassgesänge ertönen. Irgendwie verständlich, denn das Trio ist nun mal in deren Revier eingedrungen.

Paul und Peter machen einen ganz entspannten und geradezu fröhlich-angeregten Eindruck. „Stell dir vor, Kalle, auch dieses Geschmeiß ist vor unendlich langen Zeiten mal mit uns verwandt gewesen. Wir waren Geschwister. Sie haben dann aber einen ganz anderen Entwicklungsweg beschritten als wir. Oder besser und genauer ausgedrückt: In Wirklichkeit haben sie zu einem bestimmten Zeitpunkt festgestellt, sich nicht weiter entwickeln zu wollen. Einfach stehen zu bleiben. Die Konsequenz ist, wie du siehst, Verhärtung und Verkrüppelung. Jedes Wesen, das sich aus ganz verschiedenen Gründen dazu entscheidet, auf dem Entwicklungsweg nicht weitergehen zu wollen, verhärtet und verkrümmt sich.

Wir hingegen, die über unserer Ebene befindlichen Regionen und das irdische Menschengeschlecht, wir alle haben, mehr oder weniger bewusst, den Weg der persönlichen Weiterentwicklung gewählt. Dazu muss allerdings gesagt werden: Je weiter die einzelne Persönlichkeit in ihrer individuellen Entwicklung vorangeschritten ist, desto schwerer fällt die Entscheidung, immer weiter die nächsten nötigen Schritte zu tun. Diese Entscheidung muss praktisch an jedem neuen Tag neu gefällt werden. Es ist wie der Anstieg im Hochgebirge: Die Luft wird immer dünner, der Weg wird immer steiler. Rasten und Ruhen gibt es nicht, denn dann entsteht die Gefahr eines baldigen Absturzes."

„Das hört sich ja furchtbar an. Und gibt es für die bedauernswerten Wesen, die ihr so eindrucksvoll in die Flucht geschlagen habt, denn keinerlei Hoffnung oder Gnade?"

„Diese Frage ist eine der wichtigsten. Du musst in diesem Zusammenhang bedenken, dass du nicht nur ein begleitendes Wesen aus unserer Ebene an der Seite hast, in deinem Fall ist es Peter, sondern auch begleitende Wesen aus anderen, tiefer gelegenen Regionen, die ständig um dich herumtoben und versuchen, dich vom Pfad der Schönheit, der Wahrheit und der Güte abzubringen.

Unsere Aufgabe als Schutzgeister ist es, diese widerstrebenden und irreführenden Wesen auf Abstand zu halten und ihre düsteren Bestrebungen zu kanalisieren. Mehr können wir aber nicht tun. Die Aufgabe für euch Menschen ist eine andere und sogar anspruchsvollere. Ihr seid gehalten, die Kräfte des Guten in euch zu entwickeln, zu stärken und die Einflüsterungen der Boshaftigkeit abzudämpfen.

Ausmerzen oder töten könnt ihr sie nicht. Das ist wie auf den berühmten Bildern mit dem Ritter und dem Drachen. Der Ritter hält den Drachen mit Hilfe seiner Lanze im Zaum. Er tötet ihn aber nicht.

Es wird aber nicht beim Niederhalten bleiben können. Das wäre dann immer noch Stillstand. Eure eigentliche Aufgabe in dieser Angelegenheit ist es, dass jeder einzelne Mensch die Kräfte der Boshaftigkeit, die du jetzt gerade kennengelernt hast, und die bislang in jedem Menschen leben, mit den Energien des Wahren, Guten und Schönen überwindet.

Indem ihr diese Kräfte des Guten, die die Menschen gegen viele Widerstände entwickeln, den bedauernswerten Gestalten zufließen lasst, setzt ihr sie in die Lage, sich aus den Abgründen der Lasterhaftigkeit, in denen sie zurzeit gefesselt sind, heraus zu kämpfen. Nur auf diesem Wege werden sie in Zukunft in die Sphären des Lichts und der Liebe zurückkehren und ihr weiteres Schicksal wiederum in die eigene Hand nehmen können."

Die Gruselwesen haben sich inzwischen in das Ringgebirge des Kraters, in dem die Drei gelandet sind, zerstreut und augenscheinlich im Moment das Interesse an ihnen verloren.

„Kalle, wenn du jetzt nochmals deinen Blick auf euren Heimatplaneten richtest, können wir dir anschaulich machen, weswegen wir dich aufgesucht haben, warum wir diesen Zwischenstopp auf dem Mond eingelegt haben, und wieso die Tagung von den Meistern anberaumt worden ist. Du hattest bisher mit deinen irdischen Augen auf die Erde geblickt. Jetzt schau mit deinen Phantom-Augen."

Das ist nur eine kleine Umstellung und geht nach den diversen Übungen, die Kalle zusammen mit seinen Helfern absolviert hat, ganz leicht. Mit den irdischen Augen sieht man eher unbewusst, war ihm erklärt worden, mit den Phantom-Augen muss man willentlich sehen.

Der Anblick, der sich Kalle jetzt bietet, ist allerdings erschreckend. Die bisher im ungedämpften und strahlenden Sonnenlicht hell leuchtende Kugel verdüstert und verdunkelt sich, indem vergleichbar mit riesigen Aschewolken aus Vulkanausbrüchen gewaltige Dunkelwolken beginnen, sich über die gesamte Erdoberfläche und die Ozeane auszubreiten. Nur wenige kleine Regionen bleiben von dieser Verdunkelung verschont und stahlen umso heller.

Auf Kalles ratlosen Blick hin erklären Paul und Peter die befremdliche Erscheinung: „Mit deinen irdisch-leiblichen Augen hast du die leiblich-stoffliche Erde gesehen. Mit deinen Phantom-Augen, man kann auch sagen mit deinem geistigen Blick, nimmst du die geistige Erde wahr. Das hinterlässt deswegen einen ganz anderen Eindruck, weil du dadurch das Wirken geistiger Wesen auf der Erde erkennen kannst.

Die bedauerliche Tatsache, weswegen wir hier sind, wird dadurch sichtbar: Auf der Erde, in den Sinnen der Menschen und sogar in ihren Herzen versuchen sich Geister der Finsternis einzunisten, um die Gedanken und Taten der Liebe, der Selbstlosigkeit, der Vergrößerung des Gesichtskreises, des zwischenmenschlichen Interesses auszutrocknen und zu korrumpieren. Sonst würde sich dir dieses Bild nicht zeigen.

Stattdessen breiten sich durch die Einwirkung eines solchen zielstrebig-destruktiven Willens Habsucht, Selbstsucht und Herrschsucht aus, welche durch die unterschwelligen Meinungsbildungen der Medien, und von ihnen zum Teil sogar ganz offen propagiert, als nützlich und erstrebenswert dargestellt werden.

Wie erfolgreich diese widerstrebenden Willenskräfte auf ihrem Weg bereits vorangekommen sind, können wir beispielhaft aufzeigen an der Ausbreitung der Ideologie des sogenannten Sozialdarwinismus. Diese Ideologie leitet sich von den Erkenntnissen und Theorien des Charles Darwin ab, der versucht hat darzulegen, dass der menschliche Geist sich durch die Entwicklungsgesetze von Mutation und Selektion über sehr lange Zeiträume herausgebildet hat.

In der Sichtweise dieser Theorie Darwins stellt der Sieg des Besseren und vor allem des Stärkeren über das

Schwächere die treibende Kraft der Entwicklung vom Einzeller zum Menschengeist dar.

Im sogenannten Sozialdarwinismus wird daher der Sieg des Stärkeren über das vermeintlich Schwächere als sinnvoll und erstrebenswert propagiert. Welch verheerende Wirkungen diese Ideologie auf das Zusammensein der Menschen und Menschengruppen hat, ist in den täglichen Berichten der Medien über Gewaltanwendungen jeglicher Art in den zwischenmenschlichen und den gesamtgesellschaftlichen Zusammenhängen überdeutlich zu lesen, zu hören und zu sehen."

„Darf ich auch mal was sagen?"

„Selbstverständlich, Kalle. Zugegeben, das war jetzt ein etwas längerer Vortrag und wir wissen, dass wir damit eigentlich offene Türen bei dir einrennen." „Eben. Allerdings finde ich es gut, dass ihr mir diese außerirdische Perspektive in so überzeugender Deutlichkeit vorgeführt habt. Welchen Schaden die materialistische Denkungsart, um die es in eurer Erläuterung wohl in erster Linie geht, auf der Erde bei den Menschen anrichten kann und offensichtlich anrichtet, wird mir durch den Blick auf die Erde, besonders aus solch großer Entfernung, mit dieser Heftigkeit erst so richtig klar. Die dunklen Wolken, die bereits so große Flächen der Erde abschatten und vom Zustrom lebensspendender Energien abschirmen, habe ich mir so deutlich und bedrohlich nicht vorstellen können.

Nun würde ich noch ganz gerne wissen, warum ihr vorhin, als ihr diese finsteren Spukgestalten vertrieben habt, so einen vergnügten Eindruck gemacht habt."

„Das ist dir aufgefallen? Da hast du was Richtiges und Wichtiges beobachtet. Ganz klar: Wir haben uns als Beschützer und Begleiter vorgestellt. Das ist für uns aber nur eine Nebenaufgabe. Vor allem anderen sind wir Kämpfer. Es ist unsere Natur zu kämpfen. Die Regionen sauber zu halten. Deshalb ist jeder Kampf für uns nicht nur eine Herausforderung, sondern auch eine Freude. Wir sind dann ganz bei uns.

Was du vorhin gesehen hast, war für uns nur ein Scharmützel. Eine kleine Sache. Das waren noch verhältnismäßig harmlose Dunkelgestalten, die überall ihre hässlichen Nasen reinstecken, viel Wind machen und wenig bewirken. Nur die total Ahnungslosen fallen auf deren Winkelzüge und Täuschungsmanöver herein.

Von diesen Ahnungslosen gibt es auf eurer Erde allerdings leider immer mehr Vertreter unter deinen Mitmenschen. Ein Musterbeispiel für die Einwirkungen der Geister der Lügenhaftigkeit und des Irrtums ist ein gewisser Herr und seine stetig anwachsende Schar von ergebenen Anhängern, die uns zurzeit das Leben ziemlich schwer machen mit ihrer Lautstärke und ihren großmäuligen Versprechungen, und von denen du auch schon gehört hast.

Es handelt sich um den Herrn Elton Murks, nomen est omen, und seine Community, die neben vielen anderen Absonderlichkeiten die Ansicht vertreten, dass der Planet Mars als Wohnplatz für die Menschheit eine denkbare Lebensalternative darstellen könnte, falls die liebe Erde einst durch die ungebremste Ausbeutung total heruntergewirtschaftet, lebensfeindlich, ausgetrocknet und auf die Dauer unbewohnbar geworden sein sollte.

Wir geben zu, dass eine solche Ansicht zwar auf einer gewissen Ebene und mit einiger Mühe nachvollziehbar sein kann, dass sich dies aber bei genauerer Betrachtung der Argumente, Gegebenheiten und Konsequenzen als total irrsinnig, lebens- und menschenfeindlich darstellt.

Wozu haben die Menschen und die mit ihnen treu verbundenen Wesen denn ihre Fähigkeiten und Energien aufgebaut und entwickelt? Etwa, um ihre sie tragende Lebensgrundlage, die liebe Erde, kaltschnäuzig auszubeuten und auszusaugen und sie dann, wenn es nicht mehr weitergeht, wegzuwerfen und woanders hinzuziehen? Sollen der Blick und das innere Streben der Menschen immer weiter und weiter auf den Ausbau einer Art Spaßgesellschaft gerichtet sein? Was sind das denn für Lebensziele und Aussichten, wenn immer mehr Menschen glauben, ihre Erfüllung in der Entwicklung persönlicher Sicherheit, Unterhaltung und sinnlichen Genusses zu finden?!

Du kannst wohl sehen, Kalle, wie wir es auch sehen: Der Kampf, um den es uns geht, ist ein innerer Kampf, nicht ein äußerer."

„Wie wahr, wie wahr. Besser würde ich es bestimmt nicht ausdrücken können." Paul und Peter fahren fort: „Die Kriege, die wir in unseren Regionen auszufechten haben, vollziehen sich in der Regel mit wesentlich größerer Brutalität und Wildheit, als ihr das auf eurer Erde kennt. Insbesondere bei der Verteidigung des Kontinuums müssen wir alle Kraft aufbieten, um ein Eindringen der widerstrebenden Geister zu unterbinden. Da sind die Gestalten, die du vorhin gesehen hast, eher Witzfiguren.

Wir werden zwar auch als Engel bezeichnet, also als Boten oder Mittler zwischen den Menschen und den das Schicksal führenden höheren Geistern. Das sehen aber nur Menschen so, die keine echte Vorstellung davon haben, was sich auf den verschiedenen Ebenen unserer Welt alles abspielt und wovon auf der Erde womöglich nur ein entferntes Donnergrollen vernommen wird oder ein Wetterleuchten. Wir sind keine Wattebäuschchen werfenden gurrenden Weltfriedens-Täubchen. Wir sind Geist-Krieger und stehen an vorderster Front."

Kalle versteht das alles und trotzdem oder gerade deswegen hat er noch so viele weitere Fragen: „Habt ihr denn im Moment, da ihr euch so freundlich um mich kümmert und wir diesen Ausflug hierher gemacht haben, so viele Fragen besprechen und die Tagung auch noch auf uns wartet, so eine Art Fronturlaub?"

Paul und Peter geben zu, dass seine Frage nicht so ganz unberechtigt ist. „Nein, was wir tun, würde man bei euch in eurem bildhaften Sprachgebrauch als Tanz mit einem Hintern auf mehreren Hochzeiten bezeichnen. Im selben Moment, im dem wir mit dir verschiedene Ausflüge machen und dir so Vieles zeigen aus unserer Welt und auch viel Neues aus deiner Welt, schlagen wir gleichzeitig heftige Schlachten an mehreren Fronten.

Also gut. Wir haben jetzt erst einmal genug geredet und du bist von uns auch ganz gut gebrieft worden, wie man bei euch so schön sagt. Jetzt kommt als Nächstes sozusagen dein Auftritt, bei dem wir dich nicht begleiten können.

Dieser entfernte Verwandte von uns, von dem wir sprachen, wird versuchen, dir die Welt aus seiner Sicht zu erklären. Du musst dir dabei nicht alles anhören und gefallen lassen, und wenn es dir zu bunt wird, kannst du ihm gegenüber, mit schönen Grüßen von uns, auch mal massiv werden. Verwechsle aber bitte diesen Hinweis nicht mit einem Gewaltaufruf von unserer Seite oder gar einer Anordnung. Es ist nur eine Info. Du wirst schon die richtigen Intuitionen haben und das Richtige tun.

Im Übrigen, wenn wir uns die eine oder andere Diskussionsrunde in eurer Welt, bei euch Menschen, aus unserer Perspektive anschauen, dann kann sich schon leicht mal der Eindruck einstellen, dass der nächste konsequente Schritt eine kräftige Prügelei sei könnte. Manchmal wirkt ein anständiges Gewitter reinigender als Wattebäuschchen zu werfen und hinterrücks Giftpfeile zu verschießen. Also viel Spaß und gutes Gelingen."

KAPITEL 4

Schnulli

Kalles Blick wendet sich zu der unangenehm steilen und schroffen Gebirgswand, die sich bedrohlich und abweisend über ihnen auftürmt. Unwillkürlich sucht er nach einem Pfad oder einer Anstiegsmöglichkeit. Aber nein, schon vergessen: Er verfügt ja jetzt über die dankenswerten Kräfte des Phantom-Leibes.

Nur ein Moment der inneren Konzentration, und er landet zielgenau oben an der Abbruchkante des Hochplateaus im Zentrum des Mondkraters. Was für ein Ausblick: Unter ihm die mit Trümmern übersäte Ebene des Kraters, umschlossen von dem gewaltigen Ringgebirge. Dahinter erstrecken sich die Wüstenflächen und die Gebirgslandschaften anderer Kratergebilde. Dicht über dem Horizont schwebt die Sonnenkugel und schüttet verschwenderisch ihre Lichtfluten über die kargen und bizarren Landschaften eines völlig reglosen und stillen Himmelskörpers. Über ihm der Heimatplanet, die Erde, strahlend im Licht der Sonne und so schön, dass ihm direkt die Tränen in die Augen steigen, und von deren besorgniserregendem Zustand von hier aus nicht das Geringste zu erkennen und zu ahnen ist.

Einmal tief durchatmen, bringt im Moment eigentlich nichts, denn auf dem Mond gibt es keine Luft und einen Raumanzug trägt Kalle auch nicht, und schauen, ob da tatsächlich irgendwas auf ihn wartet. In einiger Entfernung entdeckt er eine winzige Figur, die wohl das Ziel ist. Er überlege kurz: Soll er den Turbo des Phantom-Leibes einschalten oder ganz sportlich stapfen? Er entscheidet sich für die sportliche Variante und los geht es.

Schnell hat er die beiden Gestalten erreicht, denn aus der Ferne war ihm entgangen, dass seine Verabredung einen Begleiter bei sich hat, eine Art Köter, so scheint es, allerdings eine ziemlich bizarre und unschöne Erscheinung. Die Körpergröße entspricht in etwa einem Dackel, damit enden aber bereits die Ähnlichkeiten mit einem Haustier, wie man es kennt.

Der Körper ist eher mit einer Kellerassel oder Kakerlake zu vergleichen, das Vieh verfügt über mindestens acht, wenn nicht mehr, Spinnenbeine. Das Gesicht erinnert an eine Fledermaus. Das Mäulchen ist ständig geöffnet und offenbart kleine spitze Zähnchen. Eine recht lange und schmale Zunge arbeitet ununterbrochen an den Nasenlöchern, den Pinselohren, am Kopf und überhaupt am ganzen Körper herum.

Nun zu dem Herrchen, oder was für eine Stellung die beiden auch immer zueinander haben könnten: So wie bei den beiden Freunden Paul und Peter handelt es sich um eine hochgewachsene Gestalt, gekleidet in ein ebenfalls wallendes Gewand, allerdings nicht weiß, sondern eher schwarz oder sehr dunkelblau.

Von Marlene hat Kalle damals gelernt, dass man sehr wohl zwischen Schwarz und Dunkelblau unterscheiden kann. Also heißt es: Ganz klar, Dunkelblau. Der Stoff seidig glänzend und gefällig fallend in eleganten Faltungen. Der Körperbau scheint hager zu sein, um nicht zu sagen dürr.

Die Gestalt hat Kalle bisher den Rücken zugewandt. Jetzt dreht sie sich zu ihm um, mit einem Ruck. Gut, dass seine Freunde ihn vorgewarnt hatten, dass er mit allen Überraschungen und ungewohnten Eindrücken rechnen sollte und sich auf keinen Fall aus dem Konzept bringen lassen darf.

Das Gesicht seines Gegenübers ist in gewissem Sinne menschenähnlich, aber in einer furchtbar bedrückenden Art in allen Details übertrieben markant. Es wirkt, als ob ein Bildhauer versucht hat, allen Schmerz, alle Vereinsamung, allen Zorn, alle Ziellosigkeit, allen Hunger, allen Misserfolg, alle Traurigkeit in ein menschliches Antlitz einzumeißeln. Dieses Antlitz mag einst schön gewesen sein, so wie das der Freunde Paul und Peter. Jetzt ist es dies nicht mehr.

Am schwersten ist der Blick zu ertragen. Er ist durchdringend und zugleich blicklos, flammend und zugleich leblos. Er hinterlässt den Eindruck früherer Stärke und Selbstgewissheit und ist jetzt in die Abgründe tiefster Depression gesunken.

Der lippenlose Mund öffnet sich, blendendweiße spitze Zähne werden sichtbar. Der Knabe scheint Nichtraucher zu sein. Eine ebenso grünliche und schmale Zunge wie bei dem Dackel kommt hervorgeschossen, wischt über das Gesicht und verschwindet wieder. Eine im Kontrast zum äußeren Erscheinungsbild der Gestalt überraschend sonore und angenehm klingende Stimme ertönt: „Nun, Karl-Heinz, was führt dich hierher? Was kann ich für dich tun? Ich spreche dich, nebenbei bemerkt, als Karl-Heinz an, denn Freunde sind wir nicht. In meinen Kreisen hat man keine Freunde."

Das hätte Kalle auch wirklich gewundert. Seltsam, dieser Kontrast zwischen dem in allen Einzelheiten übertrieben markanten Gesicht und der angenehmen Stimme, die geradezu einem Opernsänger gehören könnte. Fast kommt Kalle in die Versuchung, sich zu erkundigen, welche Stimmlage der Typ wohl in einer Oper singen würde. Er vermutet mal Bass.

Um das geht es jetzt aber nicht. Da war gerade eine gute Frage an Kalle gerichtet worden, und in der ersten Verwirrung muss er sich gestehen: Sein Anliegen ist ihm entfallen. Die Freunde hatten wahrlich Recht: „Kalle, du musst dich mit aller Macht am Riemen reißen. Konzentriere dich, halte die Stellung!" Also gut, er fängt mit dem Einfachen an: „Meinen Namen weißt du ja schon. Wundert mich auch nicht. Jetzt möchte ich dir gerne einen Namen geben, den wir beide uns gut merken können, und deinem Dackel auch."

Diese Gesprächseröffnung scheint dem Gegenüber nicht wirklich angenehm zu sein, die fliehende Stirn runzelt sich, wodurch das Gesicht noch greisenhafter wirkt. Die spitze Nase wird noch spitzer, die ohnehin nicht vorhandenen Lippen noch schmaler. Aber: „Nun gut, wenn dir das so wichtig ist. Mir muss man keinen Namen geben. Genau genommen habe ich gar keinen Namen. Jedenfalls keinen, mit dem ich angesprochen werden möchte. Aber in diesem Fall mache ich eine Ausnahme."

Die ohnehin schon schmalen Augen verengen sich zu strichförmigen Schlitzen, so als ob der Typ gleich eine wie auch immer geartete Unannehmlichkeit erwartet.

Kalle überlegt kurz. Bei dem Spinnendackel fällt ihm die Entscheidung leicht: „Ich möchte dein Haustierchen gerne Mopsi nennen."

„Hat sich was mit Haustierchen. Siehst du hier irgendwo ein Haus?! Aber Okay. Genehmigt."

Sein Blick wendet sich nach unten zu dem Dackel: „Hast du gehört, du kleine Missgeburt? Von jetzt ab trägst du den wunderschönen Namen Mopsi."

Ironie scheint der eleganten Knochengestalt demnach nicht völlig fremd zu sein. Zustimmendes Kreischen. Die Stimme von dem Haus-Vieh klingt ungefähr so angenehm wie Kreide, die in einem falschen Winkel über die Tafel geführt wird. Ein Geräusch, bei dem einem die Zahnfüllungen herausfallen und die Zehennägel hochklappen.

Beim Herrchen fällt es Kalle schon schwerer, eine zündende Idee zu haben. Auf seiner Arbeitsstelle, lange ist es her, pflegte man einen Kollegen, der irgendwie Mist gebaut hatte, liebevoll mit dem Ausdruck ‚Schnulli‘ zu titulieren. Also diese Namensgebung für seinen neuen Freund könnte ihn voll begeistern.

„Du hast bestimmt zugehört. Wir wäre es mit Schnulli?"

Ächzen, Röcheln. Schnulli vermittelt den Eindruck, als ob er gerade dabei ist, im Zustand totaler Erschöpfung den Löffel abzugeben. Er wirkt in diesem Moment gar nicht mehr so hochgewachsen. Vielleicht hat er es mit dem Rücken?

„Entschuldige bitte. Ich wusste nicht, dass du so sensibel und wählerisch bist." Röcheln, Ächzen. Schnulli kommt langsam wieder hoch. „Hat sich was mit sensibel. Ist mir sowieso egal, was du dir alles ausdenkst. Eigentlich weiß ich gar nicht, warum ich mich mit dir hier abgebe. Ich habe genau jetzt Wichtigeres zu tun."

Sein Blick wendet sich nach oben, wo der wunderschöne Heimatplanet in einer Lichtaura schwebt. Genau in diesem Moment, in dem Schnulli seine Aufmerksamkeit dorthin wendet, verdunkelt sich die wogende und in allen erdenklichen Farben strahlende Lichtaura des Globus und beginnt sich zusammenzuziehen. Die Finster-Wolken, die vorher schon zu erkennen waren, breiten sich wieder aus, werden immer düsterer und bedecken immer größere Flächen des Erdkreises.

Schnulli hat sich von Kalle abgewendet und ist ganz andächtig in die Betrachtung seines Kunstwerkes versunken. Um seine Aufmerksamkeit wieder in die richtige Richtung zu lenken, verpasst Kalle ihm einen kräftigen Tritt in den spitzen Knochenhintern. Zu seiner Überraschung bleibt sein Fuß an dem Hinterteil irgendwie hängen oder kleben. Auf jeden Fall schließt sich ein nervtötendes Hin-und-her-Gezerre mit entsprechenden zur Situation passenden Geräuschen an, bis die jeweiligen Körperteile soweit wieder unter Kontrolle sind.

„Das war ja in gewisser Weise eine richtige gemeinsame Ballett-Einlage." Schnulli glotzt böse, soweit man bei einem Wesen, zu dessen Grundstimmungen Boshaftigkeit und schlechte Laune zu gehören scheinen, überhaupt noch, auf Einzelereignisse bezogen, gezielt von ‚böse' sprechen kann. Schnulli glotzt wohl immer böse, und irgendwie kann Kalle sich gar nicht so recht vorstellen, wie der Eindruck wohl ausfiele, wenn Schnulli mal nett aus der Wäsche gucken würde.

Schnullis Blick gleitet jetzt an Kalle hinab nach unten in Richtung zu seinen Füßen. Irgendwie muss sich dort gerade etwas ereignen, das seine uneingeschränkte Zustimmung findet, denn seine Gesichtszüge entspannen sich ein wenig. Auch Kalle schaut deshalb nach unten, und was er da wahrnimmt, weckt nicht unbedingt sein Wohlwollen: Mopsi macht sich nämlich gerade daran, einen gewissen inneren Druck unmittelbar auf Kalles Fuß zu entladen. Das eine oder andere seiner Spinnenbeinchen hat das Vieh schon angehoben und die Geräusche wohligen Seufzens, die aus dem Gehege seiner spitzen Beißerchen entweichen, lassen nichts Gutes ahnen.

Was bleibt Kalle übrig? Soll er vielleicht PFUI rufen? Nein, er ist eher der Freund direkter und unmissverständlicher Aktion und verpasst dem Pisser einen gewaltigen Tritt, der ihn in hohem Bogen in sichere Entfernung befördert, wo er dann in Ruhe und ungestört seinem dringenden Geschäftchen nachgehen kann.

Mit dieser nachhaltigen Aktion hat Kalle Schnulli offensichtlich endgültig aus der Fassung gebracht. Welches Herrchen würde es sich auch gefallen lassen, wenn ein ungebetener Gast in solch anmaßender Weise mit seinem kleinen Liebling umspringt, ganz egal wie unerzogen das kleine Herzblatt auch immer sein möge. Nein, da hat Kalle nun vollstes Verständnis: Es gibt Grenzen! Und wenn Mopsi nun mal gerade keinen Baum in der Nähe hat, dann muss eben das Bein des fremden Gastes herhalten. Da spielt es auch keine Rolle mehr, dass es auf dem Mond sowieso keine Bäume gibt. Wenn der Druck da ist, dann denkt man als Mopsi über solche Feinheiten einfach nicht mehr nach, sondern handelt.

Nun wieder zu Schnulli. Er hat sich ja aus seiner andächtigen Betrachtung gelöst, hat mit Kalles freundlicher Unterstützung die unglückselige Verklebung beseitigt und musste nun mit ansehen, wie der blöde Besuch seine Vorstellungen von guter Erziehung an seinem kleinen unschuldigen Schnuckelchen austobt.

Er kommt also auf Kalle zugestürmt, um einen etwas anders gearteten Drang als sein Mopsi an ihm auszulassen. In seinem Übereifer stolpert er allerding über die Kante seines doch recht unpraktisch langen dunkelblauen Gewandes. Für einen solchen Kurzsprint wäre eine kurze Hose, oder eventuell auch ein Röckchen, einfach angemessener gewesen. Daran hat er offensichtlich in der Aufregung nicht gedacht.

Nun, er kommt wieder hoch, hat sich allerdings durch den Sturz das Näschen etwas verbeult oder besser gesagt nach innen gestülpt, was für sein äußeres Erscheinungsbild auch nicht gerade besonders förderlich ist, eher im Gegenteil.

Nun ja, nach einer blitzschnellen Lagebeurteilung seiner recht besonderen und speziellen Situation bleibt Kalle eigentlich nur eine Option: Aktion ist besser als Reaktion, oder um es ein wenig christlicher oder boxsportlicher auszudrücken: Geben ist seliger denn Nehmen! Kleiner Anlauf, ein gezielter Kick in den Bauch lässt den Gegner nach vorne klappen, dann mit voller Wucht der Fußtritt gegen den Kopf, der sich genau jetzt in der günstigsten Trittposition befindet.

Das Ergebnis stellt sich dann allerdings etwas anders dar, als Kalle erwartet hat. Die Birne löst sich nämlich spontan vom Restkörper und fliegt einige Meter weit weg, landet, kullert aus und bleibt liegen, ausgerechnet auf der eingedrückten Nase. Der Körper fällt zwar auch hin, fängt dann aber an, herumzukrabbeln und offensichtlich die abhandengekommene Birne zu suchen. Mangels Sehvermögen scheint das aber nicht so einfach zu sein.

Die Birne kann sich leider nicht bemerkbar machen, denn der Mund oder Rachen hat reichlich Mondstaub geschluckt. Dadurch ist das Artikulieren schlicht schwierig. Und er hat das zusätzliche Problem, dass die Puste der Lungen fehlt, um rufen zu können. Die Rufe würden allerdings sowieso nicht ankommen, denn die Ohren hängen ja noch am Kopf, sind also mitgeflogen und stehen dem suchenden Krabbelkörper als Ortungsorgan im Moment nicht zur Verfügung.

Wer jetzt in die Versuchung kommen sollte, einzuwenden, dass es auf dem Mond ja gar keine Luft oder sonstige Atmosphäre gibt, und somit logischerweise ohnehin keine Puste fürs Rufen, der hat den Witz der Situation nicht verstanden, kennt die besonderen Verhältnisse auf dem Mond nicht und hat vor allem nicht bedacht, dass dieses Abenteuer auf einer Ebene stattfindet, die mit den physikalischen Verhältnissen unseres Normallebens auf der Erde nichts zu tun hat.

Zurück zu der misslichen Lage, in der sich die beiden leider getrennt bleibenden Körperteile unseres unglückseligen Schnulli-Mäuschens befinden. Zum Glück gibt es ja noch den Mopsi, der sich von dem Fußtritt, dem unangenehmen Flug, der harten Landung und der etwas zu lange hinausgezögerten Vollendung seines Geschäftchens inzwischen gut erholt hat. Ganz aufgebracht kreischend trabt er zu dem abgetrennten Kopf seines Herrchens, welcher ihn noch am ehesten an die erst kürzlich vergangenen Zeiten erinnert, als Herrchen sozusagen im Stück seinen griesgrämigen und destruktiven Tätigkeiten nachging. Furchtbar aufgeregt und total ratlos schleckt und schuppst Mopsi an diesem unerklärlich rudimentären Restbestand seines verehrten Freundes herum, der allerdings nur mit den Augen rollen und mit der Zunge schlabbern kann.

Mopsi gehört nun nicht unbedingt zu den schlausten Vertretern seiner Gattung, besonders auch deswegen, weil er intellektuell nie herausgefordert wurde und seine Aufgabe eigentlich nur darin bestand, zu schlabbern und immer schön in der Nähe von Herrchen zu bleiben. Weiter als bis Eins hat er nie zu zählen gelernt, wenn man in diesem Zusammenhang überhaupt von Zählen sprechen will. Und wie aus Eins plötzlich Zwei werden kann, muss ihm völlig unerklärlich sein. Zwei gibt es nämlich eigentlich gar nicht.

Nachdem Mopsi sich ein bisschen beruhigt hat, immerhin die Augenbewegungen und das Streicheln der Zunge des Herrchens sind schon recht vertraut, scheint

in dem Marginal-Gehirn des Tierchens eine Idee aufzu-
keimen, vielleicht die erste seines Lebens, dass der her-
renlose Schmusekopf im Staub und dieses seltsam un-
ruhige Krabbelwesen dort hinten etwas miteinander zu
tun haben könnten. Mopsi macht sich also daran, den
Kopf vorsichtig in Richtung des umherirrenden Körpers
zu stupsen und zu schuppsen.

Tatsächlich stoßen die tastenden Hände von Schnulli nach einiger Zeit an den verlorenen Kopf, packen zu,
setzen ihn an die richtige Stelle, ruckeln ein bisschen
hin und her, und schon ist alles wieder im Lot. Die Nase
muss allerdings noch gerichtet werden, aber mit einigem inneren Druck ploppt sie geschwind nach vorne und
strahlt in altem Glanz. Nach diesem verheerenden Un-
fall bleibt sie aber doch ein bisschen schief.

„Okay Monsieur Karl-Heinz, wir haben jetzt beide unseren Spaß gehabt. Ich werde dir mal was zeigen. Dann
hast du für deine Enkel wenigstens was Nettes am La-
gerfeuer zu erzählen, falls du es schaffst, auf die Erde
zurückzukehren." Fast ist Kalle in Versuchung, Schnulli zu provozieren und ihn zu bitten, erst mal zu definie-
ren, was er unter ‚was Nettes' versteht. Aber gemach,
lass ihn mal machen. Was auch immer er zeigen will, es
wird bestimmt alles andere als nett sein.

Schnulli hat sich runtergebeugt zu Mopsi, und offensichtlich haben die beiden etwas Wichtiges zu flüstern.
Eigentlich könnten sie sich ihr Geflüster sparen, denn
ihre Sprache versteht Kalle ohnehin nicht, und normalerweise müssten sie sich doch auch auf dem Wege der Ge-
dankenübertragung verständigen können. Damit wären
mindesten die Vorschriften des Fernmeldegeheimnisses
gewahrt und die Regelungen des Datenschutzes hinreichend beachtet.

Wie dem auch sei, die beiden haben sich ausgeflüstert. Schnulli erhebt sich und wirkt plötzlich richtig entspannt und gut gelaunt. Das kann ja heiter werden.

Mit ausgesuchter Höflichkeit wendet sich Schnulli an Kalle: „Viel muss ich eigentlich nicht erklären. Alles was du gleich zu Gesicht bekommen wirst, ist bitterste Realität und wird durch nichts zu verhindern oder wiedergutzumachen sein."

Das wirkt aus diesem Mund eher wie eine Drohung als eine Erklärung oder gar Entschuldigung. Schnulli wendet sich wieder seinem lieben Mopsi zu, fährt seine grüne Zunge wurmartig zu ungeahnter Länge aus und beginnt, den hässlichen Körper des Köters zunächst behutsam und gefühlvoll, soweit Kalle das aus seinem gewissen Abstand beurteilen kann, und dann immer heftiger und intensiver zu betatschen und zu massieren. Mopsi scheint diese Behandlung richtig gut zu tun, er kreischt und quietscht, tanzt herum, dreht und wendet sich, wälzt sich im Mondstaub. Und beginnt zu wachsen.

Igittigittigitt! Dieses Geschlabber und Geschleime, die quietschigen Geräusche, das lustvolle Wälzen. Und jetzt wird das Vieh auch noch größer und größer. Es hört einfach nicht auf. Kalle ist versucht, mit Faustschlägen und Fußtritten dazwischenzugehen, kann sich aber beruhigen: Paul und Peter hatten ihm ja dankenswerterweise den guten Rat mit auf den Weg gegeben, immer und bei jeder noch so unsinnigen Situation Ruhe zu bewahren, und nur wenn notwendig zu reagieren, aber mit Überlegung und Bedacht. Für die Wesen, mit denen er es zu tun bekommen würde, stellten alle Aufregung, jeder Wutanfall und jede Angriffslust nur Bestärkung und sogar eine Art Ernährung dar. Menschliche Unbeherrschtheit jeglicher Ausprägung würde die Widersacher nur anlocken und befeuern.

‚Also Kalle, Ruhe, Ruhe, Ruhe! Du bist eingeladen worden, schau dir einfach an, was die beiden Schrate dir zu bieten haben.'

Schnulli beobachtet ihn aus den Augenwinkeln, grinst und juxt sich wie ein Itsch. Seine grüne Zunge bearbeitet Mopsi immer weiter und kräftiger. Das Vieh hat an Leibesgröße inzwischen unglaublich zugelegt, wendet der Sonne den Rücken zu und wirft einen gewaltigen Schatten. Die erreichte Körpergröße ist kaum noch zu schätzen, hat aber bestimmt Hochhaus-Format erreicht.

Schnulli hat sich im Schatten niedergesetzt, er hat sich sichtlich verausgabt, man ist ja auch nicht mehr der Jüngste, und wischt sich nicht vorhandenen Schweiß mit einem imaginären Taschentuch von der Stirn. Sein Blick sucht Beifall heischend den von Kalle, trifft jedoch ärgerlicherweise auf wenig Gegenliebe.

„Naja Monsieur, sowas musst du erst mal nachmachen."

„Wieso, einen Luftballon aufblasen? Das ist eine der leichtesten Übungen. Auch wenn er, wie dein Mopsi, ein bisschen größer ist."

Es kommt Kalle so vor, dass Schnulli gleich kotzen muss. Mit so einer Anhäufung von Ignoranz hat er, der mit Menschen bestimmt schon schlimme Erfahrungen gemacht hat, in Kalles Fall wohl nicht gerechnet.

Mit tiefen Seufzern erhebt sich der arme missverstandene Mann aus dem Mondstaub und betrachtet nachdenklich Mopsi, der jetzt nicht mehr kreischt, sondern brüllt und donnert und im Übrigen einen überaus und fast unanständig erwartungsvollen Eindruck macht. Irgendetwas Schlimmes passiert jetzt gleich.

Schnulli wendet sich nochmals in Kalles Richtung: „Also Herr von und zu. Was du jetzt zu Gesicht bekommst, wird alles von dir bisher Erlebte weit in den Schatten stellen. Und leider wirst du nicht das Geringste dagegen tun können. Zieh dich mal warm an."

Sein Lächeln, oder vielleicht besser Grinsen oder Grienen, als diabolisch zu beschreiben, würde einer grob fahrlässigen Untertreibung nahekommen.

Schnulli hat an Körpergröße inzwischen ebenfalls enorm zugelegt. Mit dem Kopf reicht er über Mopsis klaffendes Maul deutlich hinaus. Er tanzt und tobt, schleudert mit den Armen, wirft den Kopf hin und her. Sein Rachen öffnet sich, die grüne Zunge schießt heraus, saust hin und her, umkreist den Kopf von Mopsi und schießt mit einem Zischen zwischen den spitzigen Zähnen tief hinein in die röchelnde Höhlung. Die Kiefer der beiden klappen zusammen, Schnulli ist zur Ruhe gekommen, sie stehen sich gegenüber, die eklige Zunge straff gespannt zwischen den geschlossenen Mäulern, und starren sich an. Schnaufen. Ansonsten Stille und Unbeweglichkeit. Eine unglaubliche Spannung entsteht zwischen den beiden Monstern.

Knister, kneister, knäuschen.

Mit einem Mal löst sich die Spannung, die Mäuler öffnen sich, Schnulli schnurrt auf Normalgröße zusammen, die niedliche Grünschleimzunge hat sich wieder zusammengerollt und gemütlich ihren Platz eingenommen, wo sie hingehört. Aber was passiert nun? Das Monstrum, das mal auf den Namen Mopsi gehört hat, was jetzt nicht mehr passt, hat das Maul wieder weit aufgerissen, brüllt und röhrt und fängt an zu spucken. Ein Ausdruck, der dem Ereignis eigentlich in keiner Hinsicht gerecht wird.

Aus dem Maul des Monstrums ergießt sich ein stinkebrauner Strom von Gegenständen jeder Art in Richtung Erdglobus: Autos, Maschinen, Werkzeuge, Elektroartikel, ganze Gebäude, Gerätschaften jeglicher denkbaren Art und Ausgestaltung, die jemals auf dem Mist eines

Designers gewachsen sind oder im Kopf eines Fabrikanten Gestalt angenommen haben. Gegenstände, die auf der Erde von Menschen entworfen, gebaut, produziert, transportiert, gehandelt, gebraucht, verbraucht, nicht gebraucht und schließlich weggeschmissen werden, um dann den weitaus größten Teil ihrer hoffnungs-, trost- und sinnlosen Existenz auf Müllkippen, im Wald, auf den Feldern, in den Flüssen und Seen, in den Ozeanen zu verbringen, zu vergammeln, zu rosten, zu stinken und zu giften. Und nichts anderes zu bewirken, als eine immer dicker werdende Schicht von Todessehnsucht, Gammel, schlechter Laune und Lebensverachtung über die gleichermaßen starke aber auch zarte Lebenssphäre eines Planeten zu ziehen, der dafür nicht gemacht ist und sich bislang nicht dagegen wehrt.

Aber er kann sich wehren und beginnt damit bereits. Was an Klimakatastrophen, Naturkatastrophen, Gesundheits-, sozialen und persönlichen Katastrophen über die Erde und die Menschen tobt, ist Antwort, Aufschrei. Werden die Kräfte der Menschen, die hören wollen und können, ausreichen um gegenzusteuern?

Schnulli kichert leicht vor sich hin. Mopsi röhrt und spuckt. Was soll Kalle jetzt machen? Sich still vom Acker schleichen? Schnulli doch noch verprügeln? Nein, es muss eine bessere Idee geben. Kalle erinnert sich, dass er im Moment noch einen Phantom-Leib an sich trägt, der über sehr nützliche Fähigkeiten verfügt. Eine seiner Eigenschaften hat er noch nicht einmal getestet: Wenn Schnulli und Mopsi ihre Körper wachsen lassen können, müsste ihm das auch möglich sein. Also lass mal wachsen.

Und in der Tat wird er größer und größer und ist bald in Höhe des Giftstromes angelangt. Gerade jetzt rauscht jede Menge Kriegsgerät an ihm vorbei. Wie praktisch. Kurz entschlossen schnappt er sich eine schwere Maschinenkanone und tritt einige Schritte zurück. Er beginnt wie wild auf den außer Rand und Band geratenen Mopsi-Riesen zu feuern. Der Munitionsvorrat scheint unerschöpflich zu sein.

Zunächst tut Mopsi so, als würde ihn diese Attacke nicht weiter jucken. Aber auf die Dauer werden ihm die ständigen schmerzhaften Einschläge doch lästig, der Giftstrom endet, das Vieh schrumpelt zügig zusammen und erreicht endlich Normalmaß. Das geht natürlich nicht ohne wütenden und ausführlichen Protest seinerseits ab, ändert aber nichts an dem Ergebnis.

„Na, bist du jetzt zufrieden?" Der alte Griesgram hat sich inzwischen ganz gut erholt, und offensichtlich wird ihm Kalles Gegenwart zunehmend lästig. Die beiden harmonieren einfach nicht wirklich. Auch hat Kalle den Eindruck, dass er durch Schnullipulli und Mopsiklopsi nichts wirklich Neues mehr erfahren wird, und überlegt ernsthaft, ob er Schnulli zum Abschied noch einen kräftigen Tritt verpassen sollte. Irgendwie ahnt der alte Knacker offensichtlich, was ihm da zum Schluss noch blühen könnte, und versucht sich ganz klein zu machen. Seltsamer Kontrast zu der hohen und seiner selbst bewussten Gestalt, die Kalle anfangs so herrlich entgegengetreten ist.

„Nun gut, die Zeit ist reif. Die Heimat ruft. Ich habe durch dich viel gelernt, und du durch mich vielleicht auch ein bisschen."

„Hat sich was mit bisschen." Die Gestalt hat sich aufgerichtet, die momentane Depression scheint erfolgreich abgeschüttelt zu sein. „Zum Abschied würde ich dir gerne noch eine Kleinigkeit mitgeben."

Bestimmt wieder eine unangenehme Überraschung, aber warten wir mal ab. Die Schnauze öffnet sich, die grüne Zunge schießt heraus, gleitet hinab zum Boden, windet sich hierhin, windet sich dorthin, und versucht schließlich in Kalles Hosenbein zu schlüpfen. Was für einen Schwachsinn das Schlabberstück dort auch immer anzurichten beabsichtigt, Kalle muss es wahrlich nicht abwarten.

Kurz entschlossen springt er nach vorne, packt Schnulli mit der linken Hand am Kragen, mit der rechten Hand die Ekelzunge, und reißt sie ihm mit einem Ruck aus dem Maul. Von ihrem rechtmäßigen Besitzer getrennt windet sie sich ziellos noch ein wenig hin und her, schrumpelt vor sich hin, nimmt die Farbe des Mondstaubes an und löst sich auf.

Der Ausdruck hilfloser Überraschung und abgrundtiefer Verblödung auf diesem Gesicht ist schlicht umwerfend. Zu schade, bedauert Kalle, dass er keinen kleinen Fotoapparat zur Hand hat, um diese denkwürdige Mimik für die Nachwelt festzuhalten und zu überliefern.

„Asch wia ia noch eiun. Schoche Aagiffe un Eigiffe beibe nich unneschaafd. Gaube ma ja nich, asch schich auach iggwasch ännad. Nei, esch wia noch schimma. U hascha keie Ahugg!" Die mangelnde Anwesenheit einer Zunge macht die Aussprache etwas undeutlich.

Es hat tatsächlich keinen Sinn. Kalle wendet sich ab. Soll der Dorftrottel immer schön weiterkreischen und -toben. Er muss jetzt gehen. Kalle überlegt noch, ob er Schnulli den guten Rat geben sollte, dass Mopsi ihm ja ein Stückchen von seiner Zunge abgeben könnte. Ein bisschen leid tut ihm die gewaltsame Verstümmelung dann doch. Aber was solls! Seine Mission hier ist erfüllt, und auf die Idee kommt Schnulli bestimmt auch bald von selbst. Außerdem soll der alte Knacker bei der Gelegenheit getrost mal in Ruhe nachdenken und überlegen, wie sinnvoll seine Existenz und Tätigkeit in dieser selbstgewählten Klausur überhaupt ist.

Vielleicht hat Kalle einst sogar Lust, irgendwann mal wieder nach Schnulli zu sehen und ihm einen Besuch zum Klönen über alte Zeiten abzustatten.

Es ist schon traurig. Diese Unbelehrbarkeit. Dieser Unwille, wenigstens einen kleinen Blick über den eigenen Nachttopf-Horizont zu riskieren. Die furchtbar schwere Last, die dieses unglückliche Wesen so erbarmungslos und unablässig niederdrückt. Werden die Menschen ihm diese Bürde eines Tages abnehmen können? Was werden Paul und Peter wohl dazu sagen?

Nun, es gibt viel zu besprechen. Und viel zu tun!

KAPITEL 5

Gülkan

Schwester Gülcan Yilderim sitzt in ihrem Stationsbüro im zweiten Stock des Krankenhauses, in dem sie seit einigen Jahren als Stationsschwester in der Nachtschicht arbeitet. Sie hat ihre abendliche Runde durch die Krankenzimmer hinter sich und hofft auf eine halbwegs ereignislose Nachtschicht. Die Übergabe der Tagesschicht lässt nichts Unvorhergesehenes erwarten. Einzig, dass am späten Nachmittag ein offensichtlich komatöser Patient in Zimmer 218 eingeliefert worden ist, der wegen seines ungewöhnlich unklaren Zustandes eigentlich auf Intensiv einquartiert werden sollte, wo wegen der vielen Corona-Patienten aber zurzeit kein Platz ist. Es ist also angezeigt, auf Zimmer 218 ein Auge zu haben und öfter mal hinzuschauen.

Bei ihrer letzten Runde waren aber keinerlei Auffälligkeiten zu bemerken, der Patient namens Jacobi schlummert selig vor sich hin. Allerdings hat Schwester Gülcan beim Blutdruckmessen und der Kontrolle des Pulses des Patienten ein seltsames Gefühl der Vertrautheit. So, als ob sie den Mann irgendwie kennen würde. Kann nicht sein. Sie kennt gar nicht so besonders viele Männer, und mit denjenigen, die sie näher kennengelernt hat, hat sie mehr oder weniger schlechte Erfahrungen gemacht. Woher soll der Mann ihr also vertraut sein? Vielleicht aus einem früheren Leben? An solche Dinge glaubt Gülcan aber nicht. Zurück in ihrem Büro wartet sie weiter auf mögliche Alarmrufe aus den Zimmern und kann sich wieder ihren Gedanken hingeben. Den Fernseher hat sie ausgeschaltet. Das Gesabbel ist ihr einfach zu dumm.

Sie stammt aus einer türkischen Zuwandererfamilie. Die Großeltern waren vor etwa 60 Jahren nach Deutschland eingewandert, um das Bruttosozialprodukt dieses wunderbaren Landes in die Höhe treiben zu helfen, und um am gehobenen Lebensstandard dieses bereits soweit entwickelten Gemeinwesens teilzuhaben. Mit harter Arbeit und eiserner Sparsamkeit ist die Familie in der zweiten Generation, der ihrer Eltern, zu einem gewissen Wohlstand gekommen und konnte sich sogar ein eigenes Haus in München leisten, das beim Kauf einen wahrlich desolaten Eindruck machte, und in das die Familie jahrelange harte Arbeit und viel Geld stecken musste, um es in einen für die Familie annehmbaren und bewohnbaren Zustand zu bringen.

Allah hatte die Familie mit zwei wohlgeratenen Söhnen und zwei Töchtern gesegnet. Insbesondere die ältere der beiden Töchter, Aydan, entwickelt im Verlauf des Heranwachsens allerdings die befremdliche Neigung, sich den Einflüssen der laizistisch-weltlich orientierten Umgebung nicht verschließen zu wollen, in die die Familie hineingeraten ist. Ganz im Gegenteil beginnt sie schon in jungen Jahren ein gesteigertes Interesse an einer Kultur und deren Gepflogenheiten zu entwickeln, die ihren Eltern und Großeltern fremd und sogar bedrohlich geblieben ist.

Diese Tendenz steigert sich unaufhaltsam, obwohl die Familie sich von Anfang an bemüht, die als Bedrohung der eigenen kulturellen Identität erlebte freiheitliche christliche Lebenseinstellung in Deutschland abzuwehren, indem sie in noch intensiverer Weise ihre religiösen Gebräuche und Rituale pflegt, als sie es in ihrem Dorf im Osten der Türkei ohnehin schon getan hatte. Die Pflege der Religion ist jetzt nicht mehr nur die selbstverständliche, strukturierende Hilfe und Unterstützung in allen Lebensbelangen und bei allen auftretenden Problemen, wie in der alten Heimat, sondern steigert sich in eine heftige Abgrenzung gegen alles, was von außen vermeintlich Einfluss zu nehmen und die vertraute Lebensroutine zu zerstören versucht.

Insbesondere die patriarchalisch-autoritär geprägte Familienstruktur wird durch die als fremd und feindlich erlebten Einflüsse der Umgebung erschüttert und massiv infrage gestellt, was besonders für schwächliche Persönlichkeiten nicht hilfreich ist und zu heftigen Abwehrreaktionen führt. Folgerichtig kommt es zu einer sich steigernden Abschottung, was von der alteingesessenen Umgebung nicht verstanden wird. Durch dieses gegenseitige Unverständnis entsteht die Gefahr eines Aufschaukelns und es bildet sich ein Teufelskreis.

Der Unwille von Aydan, sich diesen üblen Tendenzen des Konservatismus weiter auszusetzen und hinzugeben, steigert sich im Laufe der Jahre, und nachdem sie ihre Schulzeit abgeschlossen hat, sieht die Familie die einzige Lösung darin, das Mädchen schleunigst so günstig wie möglich zu verheiraten. Es wird eine passende Familie aus der näheren Umgebung erwählt und ein zwangloses Kennenlern-Treffen arrangiert.

Man setzt sich nett zusammen bei Tee und Küchlein, es wird geplaudert und gescherzt. Alles ist ganz locker. Aydan und der ausersehene Bräutigam sind ganz zufällig nebeneinander auf dem Sofa platziert worden. Gülcan sitzt gegenüber der Schwester und kann in Ruhe beobachten, was passiert.

Der junge Mann scheint sich in seiner Haut keinesfalls wohlzufühlen und seine tölpelhaften Versuche, mit Aydan ins Gespräch zu kommen, scheitern kläglich. Was für ein göttlicher Anblick bietet sich Gülcan dar: Die angebetete, gebildete und ambitionierte ältere Schwester neben einem offensichtlichen Dorftrottel und Vollpfosten, der sichtlich Mühe hat, sich bei dem ganzen Stress nicht in die Hose zu machen.

Es kommt, wie es kommen muss: Aydan kann und will sich angesichts der Anspannung und unterschwelligen Erwartungshaltung einfach nicht weiter beherrschen, unterdrückt einen aufkommenden Lachkrampf nicht mehr, springt kreischend auf und stürmt in die Küche. Totale Ratlosigkeit: „Verzeihen Sie bitte. So etwas haben wir bei unserer Tochter ja noch nie erlebt. Was hat sie denn???"

Gülcan springt ebenfalls auf und eilt hinter der Schwester her in die Küche. „Was ist denn los, Aydan?" Die Schwester hängt über dem Waschbecken und hat einen heftigen Hustenanfall. Schnell kommt sie wieder zu Atem. „Hast du das gar nicht mitbekommen? Die Blödinane wollen mich verheiraten! Ich kann dir sagen: Mir reicht es jetzt endgültig. Ich hau ab. Bevor ich diesen Warmduscher heirate, gehe ich lieber auf den Strich."

Gülcan versteht den Sinn der seltsamen Ausdrucksweise nicht richtig, kann sich aber vorstellen, was gemeint ist. „Du willst uns verlassen, Aydan? Aber wo willst du denn hin?"

„Dich werde ich niemals verlassen, meine geliebte Gülcan. Aber mit dem übrigen Schrottverein will ich nicht mehr das geringst zu tun haben. Ich ziehe zu meinem Freund und werde Geld verdienen. Das habe ich eigentlich schon lange geplant. Und jetzt ist es so weit. Ich bin schließlich volljährig und kann tun und lassen, was ich will. Eine arrangierte Hochzeit, ich glaube ich spinne! Als ob wir noch in der tiefsten Provinz in Ostanatolien leben. Selbst da denkt man schon moderner."

Aydan packt eilig einige wenige Habseligkeiten in ihren Koffer, als die Mutter hereinplatzt, die aus ihrer Lethargie erwacht zu sein scheint. Es sei ihr wichtig der Tochter mitzuteilen, dass die unglückliche Entwicklung ihr das Herz bricht, sie das alles schon lange vorausgesehen hat und es ihr leid tut, dass sie nie versucht hat gegenzusteuern und den Töchtern das Leben zu erleichtern. Der Vater sei eben leider schwach und hätte nie die Kraft oder auch nur den Wunsch gehabt, sich aus der verfluchten patriarchalischen Lebenseinstellung zu lösen.

Sie wünscht ihrer Ältesten von Herzen alles Gute und bittet, dass sie Kontakt halten möge. Die beiden Frauen liegen sich in den Armen und weinen.

Für Gülcan bricht eine Welt zusammen. Wie soll sie ohne die ältere Schwester hier weiterleben?

Bei ihr werden die Eltern doch sicherlich dasselbe versuchen, wie bei Aydan. Baldige Verheiratung ohne den Abschluss einer Ausbildung, die sie noch gar nicht angefangen hat. Bisher hat sie nur in verschiedenen Jobs ein wenig Geld dazuverdient, um die Mutter beim Haushaltsgeld zu unterstützen, und sich selbst auch den einen oder anderen kleinen Luxus zu gönnen. Einen richtig konkreten Berufswunsch hat sie auch noch gar nicht entwickelt.

Sie ist schon des Öfteren auf ihr blendendes Äußeres angesprochen worden, und ob sie nicht Model werden wolle. Sie kann sich aber, als eher in sich gekehrte und scheue Persönlichkeit, absolut nicht vorstellen, in solch einer Art und Weise im Mittelpunkt des Interesses zu stehen. Unverschämte und starre Blicke muss sie auch so schon zur Genüge aushalten. Immerhin, sie würde dafür dann ja bezahlt werden. Aber trotzdem.

Solch eine Tätigkeit würde zu der extrovertierten Aydan besser passen, die auch schon mal so etwas versucht hat. Mit der überkandidelten Atmosphäre und dem ganzen Drumherum in den entsprechenden Kreisen wollte sich die sehr handfeste und bodenständig orientierte Aydan auf die Dauer aber nicht verbinden, und sie hat dankend Abstand genommen.

Gülcan hat sich immer stark zu Menschen hingezogen gefühlt, aber auf eine eher zurückhaltende und beobachtende Art. Außerdem kümmert sie sich gerne um Menschen, die Hilfe benötigen. Also, wie wäre es mit einem medizinischen Beruf? Für ein Studium fehlt das Abitur, also bleibt nur der pflegerische Bereich, zum Beispiel Krankenschwester.

Der sehr engagierten Beraterin im Arbeitsamt fällt es überhaupt nicht schwer, sich in Gülcans Situation hineinzuversetzen. Bei ihrem Einfühlungsvermögen und ihrer Intelligenz sei sie für einen Beruf im Pflegebereich prädestiniert. Sie hätte angesichts ihrer persönlichen Voraussetzungen auch jede denkbare Aufstiegsmöglichkeit. Die Beraterin schlägt Gülcan vor, ihr Licht nicht unter den Scheffel zu stellen und zu überlegen, auf dem Zweiten Bildungsweg das Abitur nachzuholen und dann Medizin zu studieren. Alles natürlich zu seiner Zeit.

Ihre Familie habe sich offensichtlich in keiner Weise um eine angemessene Förderung ihrer brachliegenden Talente gekümmert, was nicht überraschend sei. Daher legt die Beraterin Gülcan dringend ans Herz, darüber nachzudenken, ob es für sie nicht sinnvoll sei, einen möglichst großen räumlichen Abstand zwischen sich und ihre Familie zu legen. In Norddeutschland gäbe es auch sehr gute Kliniken und Universitäten.

Zum Schluss bittet die Beraterin noch um die Erlaubnis, eine persönliche Bemerkung machen zu dürfen. Gülcan sei sich ihres blendenden Äußeren vermutlich noch nicht in ausreichendem Maße bewusst. Zuhause werde sie wahrscheinlich wie ein hässliches Entlein behandelt, was Gülcan nur bestätigen kann. Und da sie sicherlich auch noch nicht viel unter Leuten gewesen sei, müsse sie jetzt erst lernen, mit den Attacken der männlichen Hälfte der Bevölkerung umzugehen, mit der sie ganz sicher im Laufe der Zeit vermehrt zu tun bekommen werde.

Eine Ausbildungsstelle zu finden, war in einer der norddeutschen Großstädte nicht schwierig. Das erste Mal in ihrem Leben erlebt Gülcan das Gefühl, frei atmen zu können. Im Schwesternheim wird ihr ein Zimmer zugewiesen, das sie mit einer anderen Schülerin teilt, die das erste Ausbildungsjahr bereits abgeschlossen hat, und gerade für zwei Wochen in Urlaub gefahren ist. Das ist eigentlich ganz günstig. So hat Gülcan die Gelegenheit, sich für ein paar Tage in Ruhe in die für sie sehr neue und fremde Umgebung einzuleben und einzugewöhnen.

Dass sie ihr Zimmer mit einer anderen Person teilen würde, findet Gülcan überhaupt nicht problematisch. Sie ist ja anpassungsfähig, und was sie von den anderen Schülerinnen über Franziska Mandel, ihre Zimmernachbarin, hört, klingt in ihren Ohren ausgesprochen vielversprechend. Franzi, wie sie allgemein genannt wird, soll danach über ein betont fröhliches, kontaktfreudiges und unkompliziertes Wesen verfügen.

KAPITEL 6

Franzi

Eines Nachmittags, es ist kurz vor dem Wochenende, kommt ein junges, sportliches, gutaussehendes und sehr blondes Mädchen in das Zimmer geplatzt.

„Du musst Gülcan sein."

„Stimmt auffallend. Dann musst du Franzi sein."

„Kann nicht angehen. Steht mir das denn auf der Stirn geschrieben?"

„So wird es wohl sein. Ich glaube, da klebt ein Zettel."

Beide lachen, der erste Kontakt ist geknüpft. Gülcan hat den Eindruck, dass das Zusammenleben mit Franzi unterhaltsam, aber wohl nicht unnötig anstrengend werden wird.

Franzi denkt: ‚Na, das ist mal eine gutaussehende Frau. Hoffentlich hat sie auch was in der Birne. Aber wenn sie die Aufnahmeprüfung geschafft hat, wird es wohl nicht so schlimm sein.'

In vieler Beziehung fühlt Gülcan sich bei Franzi an Aydan erinnert, die es ihren Mitmenschen auch nie schwer gemacht hat.

„So, wie es aussieht, werden wir hier eine sehr gute und erfüllende Zeit haben."

„Das ist mal sicher. Ich glaube, wir werden uns in den nächsten Tagen und Wochen viel zu erzählen haben."

Da Franzi bereits das erste Ausbildungsjahr hinter sich hat, kann sie für Gülcan in bester Weise die Mentorin spielen, was sich in diesem besonderen Fall ganz ausgezeichnet trifft, da Franzi gut reden und Gülcan gut zuhören kann. Gülcan ist schwer beeindruck über

die Fülle der Informationen, die da auf sie herabspru-
deln. Dass sie, besonders zu Anfang, viel nachhaken und
nachfragen muss, stört Franzi in keiner Weise, es macht
ihr sogar Spaß.

Im Großen und Ganzen hat Gülcan auf diese Weise
einen sehr gelungenen Einstieg in ihren neuen und span-
nenden Lebensabschnitt.

Gülcan und Franzi bewohnen ein typisches Studen-
tenzimmer in einem typischen Studentenwohnheim. Es
bietet Platz für zwei Betten, Tisch, zwei Stühle, zwei
kleinere Schränke, ein größeres Regal, eine Kommode,
Beistelltisch und zwei Nachttischchen. Wenig Platz,
wenig Komfort, aber für zwei junge Frauen, die keinen
Streit suchen, durchaus genügend Platz. Außerdem gibt
es auf dem Flur einen großen Aufenthalts- und Gemein-
schaftsraum mit Tischtennisplatte, Toiletten, Dusch-
bäder und eine Cafeteria. Der Knaller ist ein einsames
Münztelefon auf dem Flur, das schon sehr eingestaubt
wäre, wenn die Putzfrau den Staub nicht regelmäßig
entfernen würde. Gülcan ist glücklich, inspiriert und
saugt die freiheitliche und lockere Atmosphäre der Umgebung begierig ein.

„Ich fasse es nicht, dass ich von all diesen wunderbaren Dingen nicht das Geringste gewusst habe, und mir
niemand davon erzählt hat. Es musste erst zu diesem
furchtbaren und gewaltsamen Ausbruch kommen, um
mir zu zeigen, dass es tatsächlich so etwas wie Freiheit
überhaupt gibt. Ich fürchte, dass ich ohne das Vorbild
meiner großen Schwester niemals oder mindestens erst
viel später den Absprung geschafft hätte.

Ich weiß gar nicht, was mit meiner lieben Mutter werden soll. Sie wird wohl weiter unter der Fuchtel dieses
Tyrannen leben müssen, ohne Liebe und ohne Perspek-

tive, denn die Söhne schlagen ganz nach dem schlechten Vorbild des Vaters und sind ihr wahrlich keine Stütze."

„Vielleicht gelingt es dir ja, wenn du deine Ausbildung abgeschlossen hast oder auch schon früher, deine Mutter zu besuchen und sie irgendwie aus diesem Loch herauszuholen. Es gibt doch nicht umsonst jede Menge Frauenhäuser, wo sie zunächst unterkommen könnte, bis sie eine eigene Wohnung gefunden hat und in Sicherheit ist."

„Das klingt gut und ich würde es wohl auch versuchen. Aber ich fürchte, dass der Mutter für solch einen Schritt die Kraft fehlt, und sie würde immer in der Angst leben, dass der Tyrann sie finden und ihr etwas antun könnte. Sie wird wohl abwarten müssen, bis er stirbt. Vielleicht wird sie dann das Haus verkaufen, um danach einen geruhsamen Lebensabend zu verbringen. Trotzdem weiß ich nicht, wie meine Brüder sich dazu stellen werden. Die haben ja leider auch noch ein gewichtiges Wörtchen mitzureden."

„Eigentlich müsste man die ganze Bagage einfach umbringen."

„Naja, das klingt gar nicht so schlecht. Nur, wer soll das machen? Kennst du einen Auftragskiller?"

„Nö, allerdings verrate ich dir jetzt mal ein Geheimnis: Wir könnten das zur Not auch selbst erledigen. Ich habe nämlich eine Waffe versteckt. Eine gut gepflegte Beretta, neun Millimeter."

„Hups, dann muss ich wohl in Zukunft aufpassen, was ich sage. Nicht, dass du plötzlich sauer auf mich wirst und mich umlegst."

„Jaaa. Das kann natürlich leicht passieren. Ich bin nämlich sehr sensibel, leicht erregbar und deswegen des Öfteren auch schon beim Seelenklempner gewesen. Hat aber nicht viel gebracht. Im Übrigen kannst du beruhigt sein: Ich schieße grundsätzlich nur auf Männer. Das allerdings mit großer Begeisterung." „Hast du etwa was gegen die Männer? Meine eigenen Erfahrungen sind natürlich einseitig, weil ich letztlich aus einem für euch ziemlich fremden Kulturkreis stamme, wo die Herren seit Ewigkeiten das Sagen haben. Wir sind gewöhnt, in einer Umgebung zu leben, die von Religion und Männlichkeit geprägt ist. Ich weiß allerdings auch, dass sich in unseren Kreisen das Patriarchat bereits in vielen Familien auf dem Rückzug befindet. In meiner Familie ist das aber leider nicht so."

Franzi runzelt die Stirn. „Also, ich glaube, dass die Unterschiede zwischen unseren Kulturen nicht so groß sind, wie oft gesagt wird. Die Gewalt gegen Frauen ist doch allgegenwärtig und überall ein Problem. Und nicht nur gegen Frauen."

Franzis Stimme beginnt ein wenig zu zittern. „Das liest man auch bei uns schon immer öfter, wie Frauen kleingehalten werden. Und ein noch schlimmeres Problem ist doch die Gewalt gegen Kinder und deren Missbrauch. Und wenn diese Unsäglichkeiten mal angezeigt werden und vor Gericht landen, dann wird behauptet, dass die Beweislage schwierig sei, und die Kinderschänder verlassen lächelnd den Gerichtssaal."

Franzi scheint es gar nicht gut zu gehen. Sie sitzt zusammengesunken da, hat die Hände vor das Gesicht geschlagen.

Gülcan ist über den Stimmungsumschwung ganz erschrocken und fragt sich, ob sie etwas falsch gemacht hat. „Nein, es geht schon wieder."

Franzi hat sich gefangen, steht auf und wandert durch das kleine Zimmer. „Lass uns mal rausgehen. Irgendwie ist es so stickig."

Direkt hinter dem Wohnheim befindet sich eine kleine Parkanlage. Ganz still und in sich gekehrt wandern Gülcan und Franzi unter den Bäumen.

„Wie schön ruhig es hier ist, wenn man bedenkt, dass hier viele Menschen wohnen und was für eine große Stadt das ist." Behutsam versucht Gülcan das Schweigen zu brechen.

„Ja, da hast du Recht. Meistens ist hier auch mehr los. Aber heute sind wohl viele unterwegs oder bereiten sich auf Prüfungen vor. Im Moment werden Klausuren geschrieben."

Gülcan wartet geduldig.

„Entschuldige bitte meinen Ausbruch. Leider ist vor ziemlich langer Zeit etwas Schlimmes passiert, was ich bisher nicht richtig verarbeiten konnte, und wohl auch nie verarbeiten werde. Du musst wissen, dass ich in einer Alkoholiker-Familie aufgewachsen bin. Vater hat gesoffen, Mutter hat gesoffen. Ich bin Einzelkind. Das war eventuell mein Pech.

Es hat angefangen, da muss ich so elf oder zwölf Jahre alt gewesen sein. Vater hat mich immer irgendwie betatscht und mich auf den Schoß genommen, was mir unangenehm war, besonders auch wegen dieser ekelhaften Fahne.

Das Betatschen wurde im Laufe der Zeit immer zudringlicher. Er fing an, mir zwischen die Beine zu greifen, und wenn ich versuchte, mich zu wehren, hat ihn das nur noch mehr angeregt. Na ja, du kannst dir vorstellen, wie es weiterging. Irgendwann holte er seinen Schwanz raus und tat mir sehr weh."

Franzi scheint plötzlich Schwierigkeiten beim Atmen zu haben. „Willst du dir das überhaupt anhören?"

„Ja sicher, Franzi. Wer weiß, wann es wieder so eine Gelegenheit gibt. Du musst jetzt reden."

„Irgendwie ist das verrückt. Ich habe tatsächlich noch nie darüber gesprochen. Mit niemandem. Es ging nicht. Bei dir ist es aber ganz leicht. Du bist so rein und unbefleckt. Ich glaube, du hast eine ganz große und helle Seele.

Ich weiß nicht, ob die Mutter davon überhaupt etwas mitbekommen hat in ihrem Dauerrausch. Zuerst wohl nicht. Aber dann hat sie dabei sogar geholfen, hat mich festgehalten, weil ich mich gewehrt habe.

In dieser Zeit begann mein Körper auch, sich zu entwickeln, ich bekam meine erste Regel. Meine Eltern besprachen dann, sogar in meiner Gegenwart, dass man mich doch auch ganz gut in der Bekanntschaft gegen Geld herumreichen könnte. Finanziell waren diese Proleten wegen der Sauferei immer klamm.

Bei dieser Gelegenheit überkam mich eine alles verschlingende Wut. Ich weiß nicht, warum ich es nicht schon viel früher getan habe. Ich griff mir ein großes Küchenmesser und rammte es dem Schwein mehrmals in den Bauch. Die Mutter stürzte sich auf mich, um mir das Messer zu entreißen. Bei der Schlägerei verletzte sie sich auch noch schwer. Ich warf das Messer weg, flüchtete aus der Wohnung und versteckte mich im Park.

Am nächsten Tag hatte ich mich einigermaßen beruhigt und meldete mich in der nahe gelegenen Polizeistation. Man wusste über den Vorfall bereits Bescheid und hatte auch schon nach mir gesucht. Die Eltern hatten geschafft, um Hilfe zu rufen. Ich hatte einfach nicht oft genug und nicht genau genug zugestochen. Auf jeden Fall haben beide überlebt, wurden angezeigt, haben vor Gericht aber alles abgestritten. Ich sei eben schon immer ein schwieriges Kind gewesen und eines Tages aus unerfindlichen Gründen plötzlich ausgerastet. Auch andere Zeugen haben gegen mich ausgesagt. Das Verfahren gegen diese Verbrecher wurde wegen unzureichender Beweislage eingestellt, und sie durften gehen. Ich wurde in ein Kinderheim gesteckt. Seitdem habe ich geschwiegen."

Gülcan ist außer sich. „Gib mir deine Pistole und ich lege diese miesen Typen noch heute um."

„Nein, das lässt du schön bleiben. Für solch einen Mist wirst du nicht in den Knast gehen. Denn erwischen werden sie dich. Ich habe für mich einen Weg gefunden, mit diesen Dingen umzugehen. Denn sonst wäre ich nicht mehr hier auf der Erde.

Dein geduldiges und einfühlsames Zuhören hat mir schon eine riesige Last von der Seele genommen. Und ich bin sicher, dass die beiden noch ihrer gerechten Strafe zugeführt werden. Denn ich glaube fest an eine gütige und ausgleichende Gerechtigkeit."

„Franzi, auch du hast eine so große und helle Seele. Ich bin so froh, dass wir uns kennengelernt haben. Ich habe gleich beim ersten Mal, als du so fröhlich ins Zimmer gestürmt bist, gespürt, dass wir viel miteinander zu tun haben, uns gesucht und gefunden haben. Wir werden uns auf unserem Weg gegenseitig unterstützen, wohin er uns auch immer führen mag."

Franzi umarmt Gülcan und drückt ihr Gesicht an ihre Schulter. „Gülcan, du ahnst nicht, wie wichtig mir deine Worte sind und wie glücklich du mich machst. Wir müssen und werden gute Freundinnen werden."

„Das werden wir ganz sicher."

Gülcan und Franzi bleiben die restliche Zeit, bis Franzi ihre Ausbildung abgeschlossen hat, zusammen. Sie entwickeln eine innere Vertrautheit, die beide vorher nicht gekannt haben. Nur einmal entsteht eine leichte Verstimmung, als Franzi versucht, Gülcan auch körperlich nahezukommen. Gülcan versteht das Ansinnen zunächst nicht, wehrt es dann allerdings ab. Es kommt ihr ausgesprochen fremd und unpassend vor.

Franzi hat, nachdem sie daraufhin einen eindrucksvollen Gefühlsausbruch mit ausführlichem Tränenerguss abgeliefert hat, mit der Zurückweisung durch Gülcan keine weiteren Probleme, in gewisser Weise wächst ihre Hochachtung vor der Freundin dadurch sogar. Sie sucht sich die Kontakte, die ihre Sehnsucht befriedigen können, außerhalb des gemeinsamen Zimmers, und ist damit glücklich und zufrieden. Nachdem Franzi ihre Abschlussprüfung glanzvoll bestanden hat, heiratet sie ihre zweite große Liebe, die Leiterin des Studentenwohnheimes, Frau Erika Zimmermann. Gülcan fungiert als eine ihrer Trauzeuginnen.

Von Erika hat Gülcan einen richtig guten Eindruck. Sie ist Mitte 40, steht als Beamtin und Heimleiterin mit beiden Beinen fest im Leben. Sie ist resolut und gleichzeitig einfühlsam genug, um mit Franzis Problemen und Eigenheiten unerschrocken umgehen und bei Bedarf behutsam lenkend eingreifen zu können. Nach mehreren ausführlichen und tiefen Gesprächen mit Erika ist Gülcan überzeugt, dass Franzi auf diese Weise ihren inneren Frieden finden wird.

KAPITEL 7

Aufbruch

Was stimmt jetzt wieder nicht? Kalle fragt sich, ob er aus Versehen im falschen Körper gelandet ist. Paul und Peter hatten versichert, dass ein solches Missgeschick auf keinen Fall passieren könne. Die Nabelschnur würde ihn mit unbedingter Zielsicherheit in den richtigen Körper zurückführen. Aber warum fühlt sich alles so fremd an?!

Haben Intensität und Eindringlichkeit der Ereignisse in den letzten Stunden oder Tagen ihn seinem geliebten und vertrauten Erdenleib bereits so entfremdet, dass er sich bei der Rückkehr unwohl und unvertraut fühlt? Hektisch tastet er seine Umgebung ab: Worauf oder worin er liegt, ist keinesfalls das Sofa, auf dem er seinen Erdenleib zurückgelassen hat. Das Zimmer, in dem das Bett steht, in dem er offensichtlich liegt, ist keinesfalls sein Wohnzimmer.

Er könnte fast lachen. Er befindet sich eindeutig an einer Stelle, die ihm bekannt vorkommt und wo er eigentlich auf keinen Fall landen wollte: In einem Krankenhaus-Zimmer.

Es ist Nacht, auf jeden Fall sehr dunkel, die Vorhänge an den Fenstern sind nicht zugezogen, eine Laterne spendet eine gewisse Helligkeit. So kann Kalle erkennen, dass er sich in einem etwas größeren Raum befindet mit noch drei weiteren Betten samt Inhalt. Aus einer Ecke ertönt gedämpftes und unregelmäßiges Schnorcheln, welches unterbrochen wird von Hustern und Röcheln. Das beliebte nächtliche Krankenhauskonzert, untermalt von den krankenhausüblichen Flurgeräuschen: Klingeln,

Rennen, Sprechen, Rollen, Schreien. Ein Krankenhaus stellt wahrlich keinen Ort der Erholung dar.

Nur, wie kommt er hierher? Mit ein wenig Überlegung ist der Grund leicht aufzufinden: Er hatte leider versäumt vor dem Start zu seinem Ausflug einen Zettel mit Anweisungen für seine liebe Putzfrau zu hinterlassen, die einmal in der Woche bei ihm erscheint, um für Sauberkeit und Ordnung zu sorgen. Außerdem kocht sie seit Marlenes Weggang hin und wieder auch mal. Was ist also passiert? Zu ihrem festen Putztermin hat sie passenderweise genau an dem Tag die Wohnung betreten, als Kalle mit Paul und Peter gerade Richtung Mond abgereist ist.

Sie findet ihn also tief und fest schlafend auf dem Sofa im Wohnzimmer. Eine für sie absolut ungewohnte Situation. Und da er auf intensive Weckversuche nicht reagiert, wen kann es wundern, er ist ja anderweitig beschäftigt, bleibt ihr nichts anderes übrig, als den Notarzt zu alarmieren, dem auch nichts anderes einfällt, als die Pennbacke schleunigst zur Beobachtung ins Krankenhaus schaffen zu lassen, da er in einem akuten komatösen Zustand verharrt.

Tatsächlich hatte er während seiner Unterredungen mit Schnulli ein seltsames Ziehen verspürt, das er aber mangels Erfahrung nicht einordnen konnte, und so nahmen die Ereignisse dort unten auf der Erde ihren Lauf.

Im Übrigen hat er ja nichts. Alles ist gesund und schmerzfrei, und so sollte er doch aufstehen können, sich ankleiden und abschwirren. Seine Klamotten sind praktischerweise am Fußende des Bettes abgelegt worden, so dass Kalle nur hineinschlüpfen und sich aus dem Staub machen muss. Gedacht, getan. Schnell den elenden Krankenhauskittel abgelegt. Die Dinger hat er schon immer gehasst. Vorne geschlossen, hinten offen. Er hat noch nie verstanden, was diese Einrichtung für einen praktischen Sinn haben soll!

Gülcan schreckt aus ihrer Gedankenverlorenheit auf. Eine der Alarmleuchten ist angegangen. Zimmer 218 wünscht Betreuung. Na, dann mal los. Wird schon nicht so schlimm sei. Gülcan steht auf, verlässt das Büro und wandert Richtung 218. Sie öffnet die Tür, schaltet die Deckenbeleuchtung an und wundert sich: Der unerschütterliche Komapatient Jacobi, den sie gerade eben kontrolliert hat, gibt sich putzmunter einer Beschäftigung hin, die in der nächtlichen Krankenhausroutine eigentlich nicht vorgesehen ist. Er zieht sich an.

„Herr Jacobi, was machen Sie denn da?"

Herr Jacobi gibt sich weiterhin unerschütterlich, jetzt aber hellwach. „Na ja, das ist doch offensichtlich. Ich ziehe mich an."

„Herr Jacobi, so geht das aber nicht. Sie legen sich bitte sofort zurück in das Bett und warten die morgige Visite ab, bei der alles besprochen werden kann. Sie sind hier immerhin komatös eingeliefert worden, und es muss gründlich untersucht werden, welche gesundheitlichen Probleme bei Ihnen vorliegen."

„Also ich glaube, dass gesundheitliche Probleme, die gar nicht vorliegen, auch nicht untersucht werden müssen." Schwaches Argument.

„Herr Jacobi, wir müssen hier jetzt nicht streiten. Kleiden Sie sich bitte fertig an und kommen Sie mit ins Stationsbüro. Dort können wir alles Nötige in Ruhe besprechen." Da die anderen Patienten schon unruhig werden, löscht Gülcan eilig das Licht und wandert zurück zum Büro.

Jacobi hat sich angekleidet und steht in der Tür neben Gülcans Schreibtisch. „Dürfte ich jetzt ganz höflich um meinen Entlassungsschein bitten?!"

„Na, das ist ja lustig. Wir sind hier kein Hotel oder sonst ein ähnliches Etablissement, das man einfach nach Lust und Laune betreten und wieder verlassen kann. Hier herrschen gut durchdachte und sorgfältig erwogene Regeln. Wir haben Ihnen gegenüber immerhin eine gewisse Fürsorgepflicht, der wir auch mit großer Begeisterung und Fachkompetenz nachkommen. Um damit auch erfolgreich sein zu können, müssen wir aber von Ihnen, dem Patienten, ein gewisses Minimum an Mitarbeit und Kooperation erwarten können. Sonst versinkt alles im Chaos und wir können den Laden dann auch gleich dichtmachen."

„Meine Güte, das haben Sie jetzt aber richtig gut und treffend formuliert. Darf ich vermuten, dass Sie erst kürzlich an einer entsprechenden Fortbildung teilgenommen haben?" Kalle, warum bist du jetzt so aggressiv?

Auweia. Der Knabe scheint ja ein richtig zäher Brocken zu sein. „Lieber Herr Jacobi, ich kann nur nochmals wiederholen: Ich sehe absolut keine Möglichkeit, Sie mitten in der Nacht einfach so zu entlassen. Dafür müsste ich mich vor meinen Vorgesetzten verantworten, und dazu habe ich definitiv keine Lust."

„Liebe Schwester Gülcan", was für ein schöner Name „Sie müssen wissen, dass meine Einlieferung nur auf einem ärgerlichen Irrtum beruht. Ich bin keinesfalls krank und in gewissem Sinne gegen meinen Willen, oder zumindest ohne mein Wissen, eingeliefert worden."

„Ja, das ist genau das Problem. Laut Krankenakte sind Sie bei der Einlieferung ohne Bewusstsein gewesen, und der Oberarzt hat entschieden, dass Sie morgen früh einer eingehenden neurologischen Untersuchung unterzogen werden. Ich möchte Sie also nochmals bitten, ins Zimmer zurückzukehren, sich hinzulegen und auf die morgige Visite zu warten. Ich bin sicher, dass sich dann alles zu Ihrer Zufriedenheit aufklären wird und Sie danach unbeschwert nach Hause zurückkehren können. Aber genau jetzt kann ich Sie nicht gehen lassen."

Kalle betrachtet sich die Frau, die da vor ihm sitzt, ein wenig genauer, und ihm fällt erst jetzt auf, wie atemberaubend schön sie ist. Besonders, da sie im Moment ein wenig aufgebracht wirkt.

Sie erinnert ihn an Marlene. Äußerlich zwar weniger. Marlene war blond, schlank, sportlich, sie spielte mit großer Begeisterung Tennis, fuhr Rennrad, joggte, rannte sogar manchmal bei dem Halbmarathon mit, welcher in ihrer Stadt jährlich veranstaltet wird, war immer unternehmungslustig, kontaktfreudig, zu jeder Zeit zuversichtlich und positiv gestimmt.

Schwester Gülcan wirkt äußerlich allerdings anders: Eher ein bisschen untersetzt, die Pfunde an der richtigen Stelle, wie man so schön sagt. Aber ihre Ausstrahlung ist ganz ähnlich wie bei Marlene. Positiv und dem Mitmenschen zugewandt. Alles gut also?

Irgendetwas stört Kalle schmerzlich. Da er mit dem äußeren Blick nicht erkennt, was dieses Gefühl hervorrufen könnte, konzentriert er sich auf den Phantom-Blick. Dadurch entsteht allerdings sofort ein ganz anderer Eindruck. Er sieht eine wunderschöne Aura, in lebhaft rhythmisch-pulsierenden Bewegungen, von vielen verschiedenen Farbschattierungen durchzogen, was auf ausgeprägte musische Fähigkeiten schließen lässt.

Wie so oft in unserem auf Leistung und Effizienz ausgerichteten Bildungs- und Gesellschaftssystem vertut hier eine in vieler Hinsicht für die schönen Dinge des Lebens eingeplante und begabte Persönlichkeit ihre wertvolle Lebenszeit in öden Nachtschichten mit mauligen Kollegen, unfreundlichen Vorgesetzten und unwilligen Patienten.

Selbstverständlich hat der Dienst an den Mitmenschen seine nicht zu unterschätzende Berechtigung, und der hingebungsvolle Umgang mit leidenden Patienten fordert und erfordert immer auch künstlerische Fähigkeiten. Trotzdem ist es schade, dass so viele Begabungen brachliegen und dadurch verkümmern.

Zwei Stellen passen aber nicht so recht ins Bild: In der Herzgegend nimmt Kalle eigenartige unharmonische Zusammenziehungen und Verdichtungen war, ebenso im Bauchbereich. Vielleicht die Bauchspeicheldrüse? Der Verdacht auf zukünftige kritische gesundheitliche Entwicklungen bei der guten Frau liegt wohl nahe, und er sollte seine Beobachtungen und Bedenken ihr gegenüber nicht unerwähnt lassen.

Wenn diese seine Überlegungen nicht im Sinne begleitender Schicksalsgeister sein sollten, so ist ihm das in diesem Fall herzlich schnuppe. In das Wirken und Weben von Schicksalsgesetzen ist er hinreichend eingewiesen worden und leitet daraus die Verantwortung und die Pflicht ab, nach reiflicher Überlegung im Einzelfall energisch einzugreifen und zu beraten.

„Liebe Schwester Gülcan, soweit ich weiß, gibt es die Möglichkeit der Entlassung auf eigene Verantwortung und eigenes Risiko. Alles andere wäre ja leider auch Freiheitsberaubung, und so weit wollen wir beide es, wie ich glaube und hoffe, nicht kommen lassen.“

Gülcan ist über so viel Hartnäckigkeit nicht unbedingt glücklich, kann sich der Argumentation des Patienten auf der anderen Seite aber auch nicht gänzlich entziehen. Besonders da dieser den Sachverhalt in betont freundlich-nettem und verbindlichem Ton vorgetragen hat.

„Also gut. Sie kriegen Ihren Entlassungsschein. Lassen Sie sich bei der nächsten Gelegenheit aber bitte zeitnah untersuchen. Es kostet Sie ja nichts." Freundlich eindringlicher Blick. Den kennt Kalle schon von Marlene.

Gülcan kann natürlich nicht wissen, dass er schon von Paul und Peter gründlich untersucht worden ist.

„Das ist doch wunderbar. Wenn Sie mir vielleicht freundlicherweise noch ein Taxi rufen könnten. Ich glaube, ich habe mein Handy nicht dabei. Und zu Fuß ist es ein bisschen weit bis zuhause." Er weiß nicht einmal, in welchem Krankenhaus er sich befindet.

Gülcan hat den Entlassungsschein ausgefüllt und reicht ihn weiter.

„Vielen Dank. Und dann wollte ich noch etwas anmerken. Wenn es Ihnen nicht zu viel Mühe macht, würde ich Ihnen nahelegen, bei nächster Gelegenheit Ihr Herz eingehend untersuchen zu lassen. Es scheint mir nicht ganz in Ordnung zu sein. Die vielen Nachtschichten und der viele Kaffee sind einfach Gift für Ihre Gesundheit. Ich würde den Kaffee einfach weglassen.

Ach ja, und wenn es Ihnen nicht zu viel ausmacht, den Bauchraum würde ich auch noch untersuchen lassen. Es könnte mit einem der wichtigen Organe, möglicherweise der Bauchspeicheldrüse, etwas nicht stimmen. Das ist ja so ein tückisches Organ. Sie meldet sich erst, wenn es zu spät ist." Jetzt ist es heraus. Gülcan schaut Kalle an, als ob er endgültig den Verstand verloren hat. „Gibt es sonst noch was Wichtiges mitzuteilen?"

„Nein, nein. In keiner Weise. Es tut mir leid, wenn ich Ihnen zu nahegetreten sein sollte. Wird nicht wieder vorkommen. Aber Sie wissen ja aus eigener Erfahrung, welch ein kostbares Gut die Gesundheit ist. Wir müssen sie pflegen und behüten. In gewisser Weise habe ich einen Blick dafür. Und nun: Auf Wiedersehen und alles Gute für Sie."

„Ja, danke. Auch für Sie alles Gute."

Kalle marschiert den Flur hinunter Richtung Fahrstuhltür.

Gülcan starrt hinter ihm her. Unvermutet steigt ein heftiges Verlustgefühl in ihr hoch. Warum war sie so schroff und abweisend?

„Gülcan, lauf hinter ihm her und halte ihn zurück. Lass ihn nicht einfach so gehen", meldet sich das Herz.

„Unsinn, Unsinn, das ist ein Mann wie jeder andere. Außerdem sehr viel älter als du", hält der Kopf dagegen.

„Du hast ja keine Ahnung, achtest nur auf Äußerlichkeiten. Das kann der Mann deines Lebens sein, Gülcan", tobt das Herz.

„Jetzt reicht es mir aber", der Kopf wird langsam ärgerlich, „ich sitze hier eine Etage über dir, du Gefühlsdussel, und habe dadurch eindeutig das Sagen."

Gülcan sitzt wie gelähmt. Auf ihre Gefühle hat sie immer gerne gehört, ist dadurch aber leider allzu oft in unnötige Schwierigkeiten geraten. Dadurch hat sie sich angewöhnt, doch lieber auf den Verstand zu hören. Ist das ein Fehler? Was hat es mit diesem merkwürdigen Patienten auf sich? Sie wird es wohl nie erfahren. Passenderweise gehen jetzt auch noch zwei Alarmleuchten an. Gülcan, die Pflicht ruft.

Die Fahrstuhltüren haben sich hinter Kalle geschlossen. Er fährt nach unten, setzt sich in die Taxe, die gerade vorgefahren ist, und lässt sich nach Hause kutschieren. Geld hat er zwar nicht dabei, aber genügend im Haus und der Fahrer kann ja einen Moment warten.

„Du warst richtig gut, Kalle. Hast alles richtig gemacht. Du hattest völlig Recht. Für einen Krankenhausaufenthalt hast du jetzt wirklich keine Zeit."

„Hallo Peter. Von euch habe ich ja länger nichts bemerkt. Aber danke. Stell dir vor, an die Tagung hätte ich jetzt in der ganzen Aufregung fast nicht mehr gedacht."

„Das haben wir gemerkt. Aber keine Sorge, wir hätten dich schon rechtzeitig wachgerüttelt. Darin sind wir besser als deine liebe Putzfrau."

Zuhause angekommen findet Kalle ein Telegramm vor, in dem die vier Kinder ihr baldiges Kommen ankündigen. Den Jahrestag von Marlenes Erdenabschied hatten alle als mögliches Familientreffen aus Termingründen ausfallen lassen wollen. Die Kinder sind in ihren Berufen reichlich ausgelastet. Die Nachricht vom urplötzlichen rätselhaften Zusammenbruch ihres Vaters hat sie aber gehörig aufgeschreckt.

Chantal, die Älteste, hat ihren Job als Philosophie-Professorin an einer kleineren Universität in den USA, und ist als Vortragsrednerin auf einer Jahrestagung in Boston zurzeit unabkömmlich.

Maja, die Zweite, tourt gerade durch Australien und ist mit einem interessanten Forschungsvorhaben über die Kultur der Aborigines noch bis Jahresende ausgelastet.

Und Elena, wohlgemerkt ohne H, die Quirlige ohne Sitzfleisch, saust gerade in Südafrika herum, bohrt Brunnen, legt Plantagen an, sammelt Geld für Schulgründungen, unterrichtet, hält Vorträge und hat nie Zeit. Schon gar nicht für Familie.

Und Martin, der Jüngste, hat nach der Schule Bildhauerei gelernt, einige Zeit in einem Architektenteam als Praktikant mitgearbeitet, und sich dann als Gartenzwerg-Produzent selbständig gemacht. Er stellt jetzt Gartenzwerge her, kleine Gartenzwerge, mittlere Gartenzwerge und inzwischen sogar große Gartenzwerge.

Verzeihung, das war jetzt ein Spaß. Kalle kann es sich einfach nicht verkneifen, den Sohn mit solchen Frechheiten hin und wieder zu necken. Der macht nämlich viel anspruchsvollere Sachen. Und zwar antike Götterstatuen, in Originalgröße und aus Originalmaterial, sprich Marmor, der in der von ihm und seinen Kunden gewünschten Qualität gar nicht einfach zu beschaffen ist.

Er hat erst klein angefangen und konnte seine Firma recht schnell sogar weltweit bei seiner zahlungskräftigen Kundschaft bekannt machen. Er leitet inzwischen etliche Filialen, die Hauptniederlassung befindet sich in Texas/USA, wo auch seine Hauptkundschaft angesiedelt ist.

Die Statuen werden normalerweise als Originalkopien bestellt und ausgeliefert. Es gibt aber auch eine kräftig wachsende Klientel, die vollständige Statuen vorzieht, also nicht mit abgeschlagenen Händen, Armstümpfen und angeknabberten Nasen, sondern heil und intakt, wie Gott bzw. der Bildhauer in der Antike sie ursprünglich vermutlich geschaffen hat. Vertreter der BBBs oder auch Trippel-Bs (BBB steht bei Kalle für „brave Bildungsbürger") werden aufjaulen, wenn sie solchen Abirrungen des guten Geschmacks begegnen. Kalle gefallen die vollständigen Statuen allerdings auch besser.

Die Nachfrage nach antiken Kopien kann er noch recht gut nachvollziehen. Es gibt aber auch in diesem Bereich Steigerungsmöglichkeiten, die seinen Horizont übersteigen. Kürzlich hatte nämlich einer der besten Kunden von Martin, irgend so ein texanischer IT-Milliardär, der schon fast zwei Dutzend Statuen, nicht nur antike, auch andere Stilrichtungen, bei sich aufgestellt hat, bei ihm einen kompletten antiken griechischen Tempel bestellt. Wohl als romantisches Gartenhäuschen.

Zur Einweihung waren Marlene und Kalle natürlich auch eingeladen und sind sogar von dem Privatjet des Geld-Sacks abgeholt worden. Es war ein sündhaft teurer Bombast, genau das Gegenteil von dem, was Kalle als gesund und erstrebenswert erachten würde. Aber was hat so ein kleiner popliger Arbeiter schon zu erachten?!

Auf jeden Fall hat er sich dann während der unglaublich opulenten Feier, es ging natürlich über mehrere Tage mit einigen hundert Gästen, bei der entscheidenden Zeremonie eine Bemerkung erlaubt, die im Nachhinein an der Stelle und zu dem Zeitpunkt offensichtlich als unpassend und taktlos zu betrachten ist.

Zu allem Überfluss standen bei der Gelegenheit Martin und der Milliardär ganz in der Nähe, und der Geld-Sack spricht auch noch ganz gut Deutsch.

Beim Anblick der monströsen Tempelanlage auf diesem gigantomanischen Anwesen, mit dem Herrenhaus, das locker mit der Schlossanlage in Versailles bei Paris konkurrieren kann, rutschte Kalle die Bemerkung heraus, ob das neue kleine Klohäuschen im Garten vielleicht doch ein bisschen übergroß gelungen sei.

Die Eiszapfen, die um Marlene und ihn herum aus dem gepflegten englischen Rasen wuchsen, waren wie mit Händen zu greifen. Im Nachhinein kann Kalle sogar gut verstehen, dass die Bezeichnung „klein" in dem Zusammenhang missverständlich gewesen sein muss.

Marlene und er verließen spontan die Kühltruhe, packten ihre wenigen Habseligkeiten zusammen und nahmen den nächsten Flug auf eigene Kosten zurück in die Heimat. Über die grünlichen Gesichter und die spitzigen Nasen, die giftigen Blicke und die verkniffenen Münder der Umstehenden haben Marlene und er noch etliche Wochen gelacht. Martin hat Gott sei Dank seinen

Job bei dem Sack behalten und darf weiterhin gute Dollars bei ihm verdienen. Er war dem Vater danach auch nicht nachhaltig böse.

Da es Kalle inzwischen wieder besser geht, aus der Sicht von Außenstehenden, die nicht wissen, dass es Phantom-Körper gibt, die sich auf Reisen begeben können und dabei ihren Erdenleib zurücklassen, ruft er seine Kinder an und bespricht mit ihnen, dass eine überstürzte Anreise ihrerseits nicht nötig sei. Er würde sich über jedes Wiedersehen natürlich sehr freuen, möchte den Besuchstermin aber gerne verschieben, da er noch eine andere wichtige Verabredung habe.

Erleichterung und Zustimmung von allen Seiten. Erstens natürlich, weil sie sich jetzt keine Sorgen machen müssen, und zweitens, weil sie selbst auch ständige Verpflichtungen haben, die nur in wirklich dringenden Fällen gestrichen oder verschoben werden sollten.

Das wäre also geklärt. Morgen geht ja schon der Flieger. Im Laufe des frühen Vormittags muss Kalle einchecken. Mittags geht dann der Flug. An Gepäck wird nur ein Schlafsack benötigt, man übernachtet im Freien, und etwas Proviant. Bescheidene Verköstigung an Essen und Getränken soll es vor Ort geben. Natürlich Reisepass und sonstige wichtige Dokumente. Etwas Bargeld ist immer hilfreich. Das wars wohl schon weitgehend.

Kalle plant circa eine Woche ein. Genauer wussten es Paul und Peter auch nicht. Die beiden verfügen ohnehin über kein besonders gutes Zeitgefühl. Zeit ist doch etwas sehr Irdisches. Und die Wissenschaftler streiten, was Zeit überhaupt ist.

Darüber nachzudenken ist aber nicht Kalles primäres Anliegen und es ist ihm auch recht egal. Ihm reicht es schon, die Verrichtungen des täglichen Lebens soweit einigermaßen unfallfrei hinzubekomme, und vielleicht zwischendurch mal eine nette zwischenmenschliche Begegnung zu haben. Oder sogar eine mit Engeln.

Kalle ist gespannt, ob er Tagungsteilnehmer schon auf dem Hinflug erkennen wird. Peter sprach von insgesamt einigen hundert. Und so viele Flüge gibt es an dem Tag nach Kairo nicht. Von dort soll ein Buschflieger in die Nähe des Tagungsortes gehen, und dann reist man weiter auf Eseln oder Kamelen. Kalle würde lieber den Esel nehmen. Er fürchtet, Kamele seien zu schaukelig, außerdem fällt man tiefer, wenn man mal das Gleichgewicht verlieren sollte. Na ja, er ist ja schon voll im Reisefieber. Es wird Zeit, ins Bett zu steigen und eine Mütze voll Schlaf zu nehmen. Die Reise wird anstrengend und die Tage werden voller neuer Eindrücke und spannender Begegnungen sein.

Nach kurzem und erholsamem Schlaf springt er aus dem Bett, frühstückt, sieht nochmal die Reiseutensilien durch, stellt fest, dass alles bereit ist und steigt in die Taxe, die gerade vorfährt. Diesmal reist er ja ganz konventionell inklusive stofflichem Leib, so dass er sich wegen der Putzfrau keine Gedanken machen muss, die heilfroh war, als sie hörte, dass alles nur ein Missverständnis war und es ihm gutgeht. So einen festen Schlaf habe sie auch noch nicht erlebt, und ein Schlaganfall scheidet nun zum Glück ja aus.

Der Flieger startet pünktlich. Es wird ein ruhiger Flug. Erwartungsvoll sieht Kalle sich die Passagiere an, entdeckt aber leider nichts Auffälliges. Er hofft irgendein Merkmal zu finden, an dem er einen Mitkämpfer erkennen könnte. Aber was für Merkmale erwartet er denn? Es handelt sich natürlich um stinknormale Bürger, so wie auch er einer ist.

Sein Platznachbar zur Linken wirkt allerdings auch ein bisschen unruhig und angespannt. Sie beginnen ganz locker ein unverfängliches Gespräch und nach einigen Wendungen und Wechseln des Themas müssen sie dann doch herzlich lachen, als Kalle sich so ganz nebenbei erkundigt, ob er auch an Engel glaubt und eventuell unterwegs sei zu einer besonderen Tagung an der Ostküste Afrikas. Genau das bestätigt der mit Freude und so beginnen sie, Erfahrungen auszutauschen, die, wie zu erwarten war, ganz ähnlich sind.

Der Nachbar reist in Begleitung seiner Frau, die einige Reihen weiter vorne sitzt, und da der Flieger vollkommen ausgebucht ist, können sie sich auf dem Flug nicht zusammensetzen, um sich auszutauschen. Sie hat allerdings auch schon einige Mitkämpfer entdeckt und so wandert eine Welle guter Laune durch den Flieger, denn in fast jeder Reihe meldet sich ein Genosse oder eine Genossin.

Die helfenden Begleiter halten sich diskret im Hintergrund, Kalle fällt zumindest keiner auf. Und was sollen sie auch verrichten auf einem ereignislosen Flug, bei dem sie auf nichts aufpassen und vor nichts warnen müssen.

In Kairo angekommen verteilen sie sich auf Regionalflieger, die zum Teil schon warten. Es sind nicht gerade viele, nicht mal eine Handvoll, und sie sind recht klein, natürlich kein Vergleich mit der Maschine, die sie hergeflogen hat. Außerdem kommen im Lauf des Tages noch weitere Interkontinentalflüge an, aus denen weitere Mitglieder des Klubs aussteigen. Insgesamt wächst die Schar auf einige Hundert, sodass ein Großteil der Tagungsmitglieder doch erst mal im Hotel unterkommen muss, um auf die nächsten Shuttle-Flüge zu warten, die jetzt eifrig hin und her sausen.

Alles vollzieht sich in angenehm lockerer mediterraner Stimmung. Es ist schon toll, wie entspannend die besondere Sonnenstrahlung in dieser Region wirkt, natürlich auch die Wärme und gleichzeitig anregend das Gewusel einer nordafrikanischen Metropole.

Kalle gehört zu denjenigen Tagungsreisenden, die zunächst im Flughafenhotel untergebracht werden. Die Ausstattung ist besser als ausreichend, das Personal freundlich und professionell. Man spricht zum Teil sogar Deutsch. Für Kalle ist das hilfreich, denn sein Englisch ist, nachdem er sich in früheren Zeiten problemlos in dieser Sprache hatte verständigen können, nun mangels Übung richtig eingerostet.

Den Rest des Tages nutzt er, indem er sich akklimatisiert, ein wenig durch die Altstadt spaziert, in die ihn eins der zahlreichen Taxis gebracht hat, ein paar Souvenirs einkauft und Straßenhändler abwehrt, die sehr besorgt sind über seinen ihrer Ansicht nach noch nicht ausreichend gefüllten Einkaufsbeutel.

Das ist leider einer der wenigen Wermutstropfen auf solchen Reisen in südliche Länder: Die überzogene Geschäftstüchtigkeit und Aufdringlichkeit der örtlichen Geschäftswelt, was auf den ersten Blick unangenehm ist, auch auf den zweiten und dritten, nach einer gewissen Eingewöhnung aber einfach dazugehört. Kalle bemerkt sogar, dass er es in der Fertigkeit des Feilschens nach einigem Üben mit fast jedem der örtlichen Händler aufnehmen kann, und findet es inzwischen unterhaltsam, besonders bei den nicht unerheblichen Sprachbarrieren, die sich vor ihm auftürmen, die aber ganz leicht und elegant zu überwinden sind, wenn er sich darauf einlässt.

Bei der spätabendlichen Rückkehr ins Hotel erfährt er am Empfang, dass sein Shuttle-Flug erst in zwei Tagen in der Frühe gehen wird. Na, ist doch passend: Er war noch niemals in New York, äh Kairo, und dieser kleine Zwangsaufenthalt verschafft ihm die Gelegenheit, die Pyramiden zu besichtigen. Was Napoleon konnte, kann Kalle schon lange.

Er schließt sich am nächsten Morgen nach dem Frühstück einer Gruppe von ca. zwanzig Gleichgesinnten an, unter denen sich auch sein Sitznachbar vom Flieger befindet. Der heißt übrigens Michael Neubert, die Frau Michaela. Sie kommen wie Kalle aus Norddeutschland.

Als wichtigstes Ausflugsziel sind die Pyramiden ausersehen, die sie zügig erreichen, um an deren Fuß dann andächtig zu verharren. Unglaublich, diese Steinmassen, die hier vor Jahrtausenden aufgehäuft worden sind.

Es wird die Frage aufgeworfen, ob sie den Aufstieg wagen wollen, um die ganz gewiss grandiose Aussicht zu genießen. So richtig begeistert sind die Wenigsten aus der Gruppe, und Michael Neubert macht den lästerlichen Vorschlag, dass sie doch ihre besondere Fähigkeit ausnutzen könnten, die Erdenleiber abzulegen zum Schlafen, und mit den Phantom-Leibern nach oben zu düsen. Solch ein Gedanke hätte locker auch von Kalle kommen können.

Die Idee wird als witzig und originell kurz diskutiert: Einer der Teilnehmer müsste allerdings unten als Aufpasser zurückbleiben, um zu verhindern, dass eine solche unerklärlich in Tiefschlaf gefallene Touri-Gruppe von besorgten Ordnungskräften in das nächste Krankenhaus verfrachtet wird. Es könnte sich ja um einen Gruppenhitzschlag oder eine allgemeine schwere Magenverstimmung, vielleicht auch um eine Art aus dem Ruder gelaufene Gruppenmeditation oder andere hysterische Kraftakte handeln. Das Aufsichtspersonal hat bestimmt schon schlimme Dinge erlebt.

Kurz und gut, die Gruppe spaltet sich auf in ein sportliches und in ein etwas weniger sportliches Grüppchen. Das sportliche Grüppchen ist, wie zu erwarten war, ein wenig kleiner, so ca. sieben bis acht Personen, und macht sich tapfer an den Aufstieg. Das etwas weniger sportliche Grüppchen, so ca. zwölf bis dreizehn Personen, schaut sich diese Aktion mit anerkennendem Murmeln ein kleines Weilchen an und wendet sich dann den schöneren Dingen des Lebens zu.

Dem etwas weniger sportlichen Grüppchen gehört Kalle selbstredend an. Von übertrieben intensiver sportlicher Tätigkeit hat er nie viel gehalten. Er konnte sich gut die Empfehlung von Winston Churchill zu eigen machen, der auf die Frage nach seinem, angesichts des starken Alkohol- und Zigarrenkonsums, gesegneten Alter geantwortet haben soll: „First of all, no sports!"

Beim Anblick der Pyramiden, diesen in jeder Hinsicht eindrucksvollen, ja sogar überwältigenden Baudenkmälern, kommt Kalle ihr gemeinsamer Besuch der Akropolis von Athen in den Sinn, der schon Jahre zurückliegt, aber unvergesslich für ihn bleiben wird. Bei der Gelegenheit hatte er sich überlegt, warum bei den immensen Eintrittsgeldern, die Jahr für Jahr von den Touristen in die Kassen der Stadtverwaltung gespült werden, nicht schon lange über die vielen Jahrzehnte, in denen dort bezahlte Führungen und Besichtigungen stattfinden, mit einer gründlichen Restaurierung der Tempel und Andachtsstätten begonnen wurde. Man weiß ja ganz genau, wie der ursprüngliche antike Zustand gewesen ist und könnte ihn dadurch Stück für Stück wiederherstellen. Diese Ruinen- und Trümmerwüsten sind noch nie sein Ding gewesen und werden es nie sein.

Nun, nach dieser kleinen Abschweifung verlassen sie gut gelaunt die antiken Trümmer und wenden sich gen Süden, Richtung Tansania. Das ist ja noch eine gehörige Entfernung, und sie überlegen, ob der Seeweg oder aber der Luftweg der bessere sei. Der Seeweg dauert erheblich länger und beinhaltet die Gefahr von Piratenüberfällen, ist also nur was für Romantiker. Der Luftweg dauert weniger lange, ist allerdings auch nicht ganz ohne Risiko. Man könnte abstürzen.

Sie entscheiden sich einstimmig für diese kleine Zusatzgefährdung. Im denkbar schlimmsten Fall – GAU – würde sich die Zwangslage einstellen, dass sie doch unplanmäßig nur im Phantom-Leib an der Tagung teilnehmen würden, sie wären also sozusagen in Uniform. Kleiner Vorteil: Das Catering würde flachfallen. Und Sanitärprobleme gäbe es auch nicht.

Den Flug absolvieren sie völlig unbeschadet und sehr bereichert. Bei klarer Sicht und flutender Sonne können sie die langsam vorbeiziehende Landschaft mit den vielfältigen Ausprägungen und Gestaltungen in vollen Zügen genießen. Die Zeit vergeht buchstäblich wie im Fluge.

Einen besonderen Genuss stellen diese alten Flugapparate für Kalle auch deshalb dar, weil bei ihnen der Passagier viel mehr ein Gefühl des Fliegens hat, als bei den modernen Hightech-Geräten, die den Gast von Kontinent zu Kontinent eher schießen als transportieren.

So sieht er es auch bei den alten Dampflokomotiven, die schnaufen, zischen und rasseln, und die einen wesentlich stärkeren Eindruck vom Wesen der Maschine und ihren Kraftwirkungen vermitteln, als die stromlinienförmigen Diesel- und Elektroloks. Das Erstere ist für ihn Technik zum Anfassen.

Die Fliegerei in den älteren Maschinen vermittelt auch dadurch viel mehr den Eindruck soliden Handwerks, weil die Pilotenkanzel schön offen und nicht wegen Terrorgefahr fest verschlossen ist, wie in den modernen Jets. Man kann also ganz ungezwungen auch mal nach vorne wandern und mit den Piloten ein nettes Pläuschchen halten. Kalle hat den Eindruck, dass die Piloten das sogar ganz gut finden als willkommene Abwechslung, und sein Pidgin-English reicht für eine solche Art von lockerer Konversation hervorragend aus.

Endlich und sogar fast pünktlich in Daressalam gelandet, werden sie von einem Guide freundlich in Empfang genommen und vor dem Flughafengebäude zu einem sehr beeindruckenden Pulk aus klapprigen Bussen, Taxen und sogar Pferd und Wagen geleitet, die sie zum Ort des Geschehens verbringen sollen. Kalle hat solch eine perfekte Organisation nicht erwartet. Das mindestens in diesem Fall unangebrachte Vorurteil afrikanischen Schlendrians hat sich nicht im Mindesten bewahrheitet.

Und was soll das mit dem Schlendrian denn überhaupt heißen? Er kann sich sehr gut vorstellen, wie der Blick von außen auf die westliche Zivilisation, zum Beispiel vom afrikanischen Außen, einen Eindruck des westlichen Lebensstils vermittelt, der keineswegs zu dessen Gunsten ausfallen würde. Das Leben der meisten Menschen in diesen hochgezüchteten Gesellschaften stellt doch eine einzige Leistungsverdichtung und Hetzerei dar, die denjenigen, die solchen Zwängen nahezu hilflos ausgeliefert sind, überhaupt keine Chance lassen ihren eigenen Lebens-Rhythmus zu finden, geschweige ihn selbst zu gestalten und dann auch zu leben.

Kalle führt als schlaglichtartiges Beispiel für den paradoxen Kontrast zwischen den Lebensentwürfen der grob gesagt nördlichen und der südlichen Halbkugel gerne die berüchtigten Urlaubsressorts an, die überall wo es gutes Wetter gibt und die Lebenshaltungskosten moderat sind, aus dem Boden schießen und guten Zulauf haben. Da kann der erfreute Urlauber dann zuhause erzählen, er habe einen richtig tollen Urlaub gehabt und was von der Welt gesehen.

Die organisierten Busausflüge, die im Einzelfall angeboten werden, steuern allerdings in der Regel nur ausgewählte Besichtigungsziele an und vermitteln mit Sicherheit keinen Eindruck von den Lebensbedingungen der hiesigen Bevölkerung. Wie sollte die Touris das auch interessieren. Man ist ja unterwegs, um sich zu erholen, nicht um Sozialstudien zu treiben.

Für Kalle ist das kaum nachvollziehbar: Was hat der betreffende Pauschaltourist denn großartig von der Welt außerhalb seines Ressorts gesehen? Dabei handelt es sich doch meistens um eine Show- und Traumwelt, die eigens für die Bedürfnisse der zahlenden Kundschaft eingerichtet wurde und die mit der Lebenswirklichkeit des umliegenden Gastlandes nicht das Geringste zu tun hat.

Genaugenommen begibt der Pauschaltourist sich lediglich von seinem Arbeitsstress in einen Urlaubsstress. Er hat in der Regel viel Geld bezahlt für den zeitlich begrenzten Genuss eines mit viel Aufwand durchorganisierten Events, zu dem er außer durch seinen finanziellen Beitrag möglichst wenig Eigenes hinzutun möchte. Durch das Pauschalangebot wird ihm ein für ihn günstiges Preis-Leistungs-Verhältnis vorgegaukelt, und er setzt sich letztlich selbst unter Druck, am Ende des Urlaubs ein gutes Erholungsgefühl haben zu müssen. Denn in einem anderen Fall hätte der ganze Aufwand sich für ihn ja nicht gelohnt. Wenn das mal kein Stressfaktor ist. Aber gemach, jeder ist seines Urlaubsglückes Schmied.

Als glücklicher Rentner kann Kalle hierüber natürlich gut und entspannt spotten. Aber zur Wahrheit gehört außerdem, dass er auch in seinen wahrlich stressigen Arbeitszeiten recht gut in Balkonien oder im Garten entspannen konnte. Dort hat man ja den Vorteil, keine Erwartungshaltung aufbauen zu müssen. Die hat man hingegen auf einer Urlaubsreise schon. Und es kostet weniger.

Die Tagungsteilnehmer besteigen einen der Busse, der sie nach verhältnismäßig kurzer Fahrt an ihr Ziel, den Tagungsort, transportiert. Der Guide führt sie bis zu dem für sie vorgesehenen Strandabschnitt, wo sie sogleich in Arbeitsgrüppchen aufgeteilt werden, die während der Dauer dieser Zusammenkunft gemeinsam Themen erarbeiten und durchdiskutieren werden.

KAPITEL 8

Frank

Bei dieser Gelegenheit lernen sie den Veranstaltungslei-
ter kennen, einen Mann namens Frank Mwangodo. Es
ist ein hochgewachsener, sehr athletisch gebauter Herr,
dessen Alter schwer zu schätzen ist. Seine Haare sind
allerdings weiß, so dass er locker in den Siebzigern oder
auch noch deutlich älter sein könnte.

Mit kräftigem Händedruck und freundlichen Worten
wird jeder Neuankömmling von ihm begrüßt. Als er sich
Kalle zuwendet, übrigens zu dessen Überraschung in recht
gutem und flüssigem Deutsch, fällt diesem sofort und in
herzzerreißend eindringlicher Weise sein Blick auf, der
in ihn dringt und alles, was sich jemals als störend oder
hinderlich zwischen ihm und anderen Menschen aufgebaut haben sollte, mit einer einzigen Bewegung wegzu-
wischen und gegenstandslos werden zu lassen vermag.

Dieser Blick erinnert Kalle an die Art und Weise, in
der Schnulli ihn angeschaut hat am Anfang ihrer kurzen
Begegnung. Nur, der Blick von Schnulli war gierig sau-
gend, suckelnd. Der Blick von Frank hingegen ist freilassend, wärmend und Schmerzen lindernd. Schnulli
bewegt sich auf dem Weg der Finsternis, Frank auf dem
Pfad des Lichts.

„Karl-Heinz, ich freue mich, dich hier zu unserer Tagung begrüßen zu dürfen." Er kennt sogar seinen Namen! „Du bist ja heute das erste Mal bei einer solchen
Gelegenheit hier mit uns zusammen, und ich habe mir
erlaubt, dich für die Dauer der Veranstaltung mit zehn
anderen Frischlingen zusammenzulegen. So kannst du

dir, zusammen mit den anderen Mitgliedern deiner Gruppe, ungezwungen und freilassend ein Bild von der Arbeit machen, die wir hier schon seit Jahrzehnten leisten."

Kalle ist doch ein bisschen aufgeregt und muss aufpassen, nicht ins Stottern zu geraten: „Oh ja, auch ich freue mich, hier sein zu dürfen. Mein erster Eindruck ist in jeder Beziehung ganz hervorragend."

„Das ist schön. Bei der Gelegenheit darf ich dir auch liebe Grüße von Marlene bestellen, die schon seit einigen Jahren an unseren Treffen teilnimmt und auch heute dabei ist."

Kann es sein, dass Kalle davon nicht das Geringste wusste? Sie hatten immer gemeinsam Urlaub gemacht und auch sonstige Unternehmungen stets zu zweit. Allerdings kann er erinnern, dass Marlene auch durchaus hin und wieder alleine unterwegs war. Jeweils ein oder auch zwei Wochen. Darüber hatte er sich niemals Gedanken gemacht. Denn auch er hatte regelmäßig seine eigenen Termine und Verabredungen, meistens beruflicher Art.

Sie waren beide gerne zusammen. Jeder von ihnen hat aber auch immer seine eigenen Interessen verfolgt und sie waren dabei völlig freilassend dem anderen gegenüber. Anders hätte es auch über einen so langen Zeitraum mit solch ausgeprägten Persönlichkeiten wie ihnen nicht funktioniert. So erfährt er also wieder mal etwas Neues über seine Lebenspartnerin, von der er meinte, alles über sie zu wissen, und ist froh und dankbar, auf diesem Wege in ihre Fußstapfen treten zu dürfen.

Die Gäste haben jetzt Gelegenheit, sich in ihrer kleinen Arbeitsgruppe bekannt zu machen. Michael und Michaela aus Kalles Flieger sind dabei. Dann eine ganze Familie aus Bayern, die Hinterseers, Karla und Louis, mit den auch schon erwachsenen Kindern Erich, Simon und Maria.

Dann eine alte Dame, die aus Japan angereist ist. Sie ist sogar die älteste Teilnehmerin, sage und schreibe ungefähr 105 Jahre alt. So genau weiß sie es gar nicht. Ihr Name lautet Misaki Shimitzu.

Außerdem haben sie auch noch einen ausgesprochen lebhaften jungen Mann aus dem benachbarten Kenia dabei, der von allen einfach David genannt wird. Er ist ungefähr elf bis zwölf Jahre alt und kümmert sich rührend um die Seniorin. Er ist der Einzige in der Runde, der nur Englisch spricht. Das fällt aber durch seine wahrlich ansteckende Fröhlichkeit überhaupt nicht auf.

Über alle hinderlichen Sprachbarrieren helfen ihnen im Übrigen problemlos ihre Phantom-Leiber hinweg, die sich mit reiner Gedankenkraft verständlich machen. Ihre Kommunikation wird durch die Bildkraft der Phantom-Leiber vereinfacht, weil die Gedanken, die im normalen Sprachverkehr zwischen Menschen erst mühsam in Worte und Sätze umgearbeitet werden müssen, über die Phantom-Leiber ganz direkt und unmittelbar bildhaft übertragen werden. In gewissem Sinne schließen sich die Geist-Leiber der Gruppenmitglieder zusammen zu einem gemeinsamen Geist-Leib. Jeder Gedanke und jedes Gefühl eines jeden einzelnen Gruppenmitgliedes webt und lebt gleichzeitig in den Gedanken und Gefühlen eines jeden anderen Teilnehmers.

In früheren Zeiten wäre wohl für Kalle als eingefleischtem Individualisten und Einzelgänger eine solche Vorstellung erschreckend und beunruhigend gewesen. Jetzt gelingt es ihm ganz problemlos und einfach, sich auf diese neue und bisher recht fremde Welt einer grenzenlosen Intimität einzulassen und sich darin einzuleben. Hilfreich hierbei ist für ihn sicherlich ein Entschluss, den er am Beginn seiner Partnerschaft mit Marlene gefasst hatte, und den er versucht hat, in der ganzen Zeit, die ihm mit ihr vergönnt war, durchzutragen und immer weiter wachsen zu lassen.

Sein inneres Versprechen war damals, jede charakterlich-seelische Fähigkeit, die ihm in der Auseinandersetzung und im Zusammensein mit ihr zufließen und sich entfalten würde, auch für jeden anderen Menschen, der ihm begegnet, so weit wie möglich dienstbar und nutzbar zu machen.

Inzwischen ist auch Manfred, der Sohn von Michael und Michaela, ein wenig verspätet zu ihnen gestoßen. Er war wohl bei einem der Umstiege aufgehalten worden oder hatte einen Anschluss verpasst. Auf jeden Fall ist die Gruppe jetzt komplett und sie können mit der Arbeit beginnen.

Zunächst beschäftigen sie sich mit der Aufgabe, ihre Phantom-Leiber soweit aufeinander einzustimmen, dass wie bei einem Orchester oder einem Chor ein gemeinsamer Klangkörper entsteht. Das klingt einfacher als es in Wirklichkeit ist, denn die einzelnen Gruppenmitglieder bringen natürlich sehr verschiedene Lebenserfahrungen und damit auch sehr verschiedene Ausgestaltungen ihrer Phantom-Leiber mit.

Jeder von ihnen war in Vorbereitung des großen Treffens von seinem Begleiter besucht worden. Die Übungen an und mit den einzelnen Phantom-Leibern, so wie auch Kalle sie erlebt hat, waren ausführlich und intensiv. Allzu individuelle Einseitigkeiten, Übertreibungen und lieb gewordene Angewohnheiten wurden aufgedeckt, beleuchtet und, mindestens in Ansätzen, zielbewusst und energisch ausgeglichen und geglättet. Auf diesem Weg waren die Teilnehmer des Treffens bereits so gut wie möglich auf die Ansprüche und Herausforderungen der Gruppenbildung eingestimmt am Tagungsort angekommen.

Frank wandert indessen von Gruppe zu Gruppe und begutachtet in Ruhe die Fortschritte jeder einzelnen. Überall nimmt er sich die Zeit und die Muße für Erklärungen und Hilfestellungen.

Jetzt setzt er sich zu Kalles Gruppe. Frank hebt an: „All eure Fragen werden beantwortet werden oder auch sich im Einzelfall von alleine auflösen. Teilweise seid ihr von euren Helfern bereits in Ansätzen instruiert worden, was Sinn und Zweck dieses besonderen Treffens ist.

Tatsächlich ist es zu diesem Zeitpunkt und an diesem Ort noch nicht eingeplant gewesen. Die Situation hat sich aber so zugespitzt, dass die Meister sich genötigt gesehen haben, zu diesem außerplanmäßigen Mittel zu greifen.

Wie ihr alle mit eigenen Augen gesehen habt, breiten die Kräfte der Finsternis sich zurzeit mit besonderer Geschwindigkeit und Impertinenz aus, und müssen von uns so gut es geht mindestens in Teilbereichen in die Schranken gewiesen werden. Dass dies kein Spaziergang wird, ist euch allen klar, und es werden alle verfügbaren Kräfte aufgeboten werden müssen, um dem bösartigen Treiben Einhalt zu gebieten. Ich will versuchen, die Lage, wie sie sich uns darstellt und wie sie sich bis hierher entwickelt hat, in kurzen Worten zu umreißen. Auch über die zukünftigen Herausforderungen werde ich mir einige Hinweise erlauben.

Die Entwicklung der Menschheit wird sich in zwei Hauptströmungen aufspalten. Diese Tendenz deutet sich schon lange an, genau genommen haben wir damit seit Anbeginn der Zeiten zu tun. Sie befindet sich jetzt allerdings in einer Phase besonders heftiger Zuspitzungen und schmerzvoller Entscheidungen.

Die erwähnte Aufspaltung stellt jeden einzelnen Menschen vor die ganz eigene und persönliche Entscheidung, seinen weiteren Weg mit dem Ziel zunehmender Vereinzelung, Abgrenzung und daraus resultierender Verhärtung zu nehmen.

Oder aber sich in liebevoller Zuwendung wiederum den Erfordernissen und Nöten jedes einzelnen Mitmenschen zu widmen, und damit die eigenen Kräfte nicht mehr, wie bisher, im eigenen, sondern im allgemeinmenschlichen Interesse weiterzuentwickeln und demselben dienstbar zu machen. Die Zeiten des Weiter-vor-sich-hin-Träumens und des Privatisierens neigen sich zügig dem Ende zu.

Immer mehr Menschen bemerken, dass die Zeit der Entscheidung nahe gerückt ist. Aber viel zu Viele schwimmen und paddeln weiterhin in der trügerisch wärmenden Strömung der Entspannung, des Eigeninteresses und der bequemen Abgrenzung. Diese trügerische Wärme versucht uns vorzugaukeln, dass die sozialen Netzwerke stabil und reißfest jeder erdenklichen Belastung standhalten, dass Eigeninitiative immer mit Risiken behaftet ist, und deshalb tunlichst unterlassen werden sollte, dass Eigenarbeit auf die Dauer einfach zu anstrengend ist, und uns so schön und bequem von Maschinen abgenommen werden kann und sollte, dass Pflege und Versorgung von alten, gebrechlichen und kranken Menschen ganz einfach von Arbeitsmigranten oder noch besser gleich von hochspezialisierten Maschinen übernommen werden kann, ganz abgesehen von der Möglichkeit der „schönen" und „humanen" Methode des Gnadentodes.

Des Weiteren versuchen die Vertreter der Gegenkraft uns glauben zu machen, dass die Erde, unsere Heimat, den Großinvestoren und Finanzhaien überlassen werden darf, die in Heimlichkeit und Diskretion fleißig daran arbeiten, alles was ausgebeutet und abgebaut werden kann, an sich zu reißen und Gewinn daraus zu saugen.

Ich weiß, das sind trübe Aussichten, die euch im Großen und Ganzen auch schon bekannt sind. Ich erwähne es nur nochmals, um die Kräfte und Möglichkeiten der Gegenbewegung, des Stromes der Liebe, in größter Deutlichkeit aufzuzeigen. Denn diese sind wesentlich kräftiger und zielführender, als die von mir soeben beschriebenen Tendenzen des Niedergangs.

Der Strom der Liebe speist sich aus den Kräften und Menschen, die guten Willens sind, die sehen, dass das Streben des Menschen nicht nur Eigennutz und schiere Selbstbereicherung sein kann. Dieser Strom hat niemals sein Heil in Verhärtung und Verfestigung gesucht, sondern in Bewegung und allseitiger interessierter Zuwendung und Hingabe.

So wird es in Zukunft zwei Planeten Erde geben, die zwar in zunehmender Deutlichkeit voneinander getrennt, aber dennoch gleichzeitig ineinander verwoben sein werden. Das klingt paradox, ist aber eine unausbleibliche geistige Wirklichkeit und Gesetz: Es wird einen Planeten geben, der seine Bestimmung in einer immer weiter sich verdichtenden Stofflichkeit suchen wird. Und einen, der bemüht sein wird, nicht die Stofflichkeit zu fliehen, aber sie und sich zu veredeln, zu verschönern und in einen Zustand von innen heraus leuchtender Geistigkeit überzuleiten.

Auf beiden Planeten wird sich die geschlechtliche Fortpflanzung einer Änderung unterziehen müssen. Auf dem

Planeten der Verhärtung und Verdichtung werden die Menschen versuchen, der zunehmenden Verschlechterung der menschlichen Fortpflanzungskräfte technische Alternativen entgegenzusetzen. Man wird bio-technische Maschinen konstruieren, die den Frauen die Mühen und Schmerzen der natürlichen Schwangerschaft abnehmen werden. Diesbezügliche Versuchsanordnungen und Experimente gibt es bereits.

Auf dem Planeten der Vergeistigung werden die Menschen einen anderen Weg gehen. Es werden sich Menschengruppen, ähnlich wie bei unserem hiesigen Treffen, zusammenfinden, die die Bereitschaft einer Menschenseele zur Verkörperung wahrnehmen, und diese dann dadurch ermöglichen, dass sie sich in einem gemeinsamen Willen vereinigen, um in hochkonzentrierter Arbeit und tagelangen gemeinsamen Gesängen die junge Seele in ihren neuen Körper hinein zu führen."

So und ähnlich klingen die Mitteilungen, die Frank den einzelnen Gruppen mit auf den Weg gibt, um ihnen allen diese intimen und aufwühlenden Wahrheiten in der jeweilig angemessenen Form ans Herz zu legen. Viel Stoff, um daran im Schlaf, zu dem sie sich anschließend bereiten, weiter zu formen und innerlich zu forschen.

In den nächsten Tagen haben sie Gelegenheit, die Erkenntnisse, die Frank ihnen geschenkt hat, in den Gruppe weiter zu bearbeiten und zu vertiefen. Auch die einzelnen Gruppen nutzen jede Gelegenheit, sich untereinander auszutauschen. Auf diesem Wege entstehen Seelen- und Geistgebilde, die mit aller Macht den Verdunkelungsmächten, die Kalle aus der Perspektive des Mondes gezeigt worden sind, entgegenwirken, wenn es gelingt, sie in das Denken, Fühlen und Wollen der Menschen und der Menschheit einfließen zu lassen. Eine rechte Herkules-Herausforderung, die ihnen da auferlegt wird.

Ihre japanische Schwester Misaki nimmt in der ganzen Zeit der Gespräche und des Austausches in ihrer Gruppe durch eine bezaubernd hingebungsvolle Art des tätigen Zuhörens teil, was für die Entfaltung einer förderlichen Gesprächsatmosphäre viel wichtiger ist, als oft angenommen wird. Die schweigend und aufmerksam lauschenden Teilnehmer sind nach Kalles Erfahrung für ein Gruppengespräch mindestens genauso wichtig, wie die Wortführer.

Dieser Aspekt wird oft total unterschätzt. Ebenso wie die Bedeutung der Gesprächspausen, die mindestens Sekunden, wenn nicht Minuten dauern dürfen. In solchen Momenten kurzzeitiger Unterbrechung haben weiterführende Gedanken viel besser die Gelegenheit, in den Gesprächsfluss Eingang zu finden, als in der Situation pausenlosen Weiterspinnens.

Eher selten meldet Misaki sich zu Wort, besonders jedoch, wenn es mal hakt zwischen den Rednern. Sie durchschlägt dann nicht Knoten, wie es Alexander der Große einst tat mit dem Gordischen Knoten, sondern löst sie elegant und schwungvoll. Während der Ansprache von Frank sitzt sie direkt neben ihm, und ein geheimnisvolles stilles Einvernehmen zwischen den beiden bereichert wahrnehmbar die Runde und jeden Einzelnen in der Gruppe.

Während der sich anschließenden Gespräche wird sie merkbar stiller und in sich gekehrter. David, der sich stets ganz in ihrer Nähe aufhält und sich in jeder Beziehung aufopferungs- und liebevoll um sie kümmert, bemerkt das deutlich schneller, als die anderen, die sich bisweilen im Feuer der Gedanken und der treffenden Formulierungen ein bisschen verrennen und für die Belange der anderen Teilnehmer unaufmerksamer werden.

Gegen Ende des folgenden Tages, als die Gipfel des westlichen Gebirges ihre langen Schatten zu werfen beginnen, nimmt David die Reisschüssel von Misaki an sich, eilt ans Wasser, schöpft Meerwasser hinein und eilt damit zu Frank, der auch schon aufmerksam geworden ist, und den Inhalt der Reisschüssel mit segnenden Worten und Gesten veredelt. Anschließend reicht David die Schüssel an Misaki, die schon die ganze Zeit nur noch still vor sich hinschauend gesessen hat. Und sie trinkt. Und sie trinkt, und vergeht. Und trinkt, und vergeht. Und trinkt, und vergeht.

Es geht wie ein inneres Leuchten von ihr aus, sie wird durchscheinender und durchscheinender. Und vergeht. Ihr schöner Kimono sinkt in sich zusammen, die Sandalen stehen da, die Orchidee, die sie immer im schlohweißen Haar getragen hat, gleitet in den Sand.

Frank kniet an ihrem Kopfende, ganz in sich versunken und konzentriert. Langsam richtet er sich auf und breitet die Arme aus. „Leb wohl, liebe Misaki. Leb wohl. Dein Name bedeutet ‚Schöne Blüte'. Gibt es einen treffenderen Namen? Leb wohl, leb wohl!"

Den Kimono und ihre Sandalen übergeben sie den Flammen des abendlichen Lagerfeuers, die Blüte legen sie auf einen kleinen improvisierten Steinaltar, den sie in der Mitte ihres Lagers errichten. Trotz Wärme und Trockenheit hält die Blüte ihre Frische bis zum Tag der Auflösung des Lagers und ihrer Abreise.

Es ist mal wieder passiert: Kalle hat jegliches Zeitgefühl verloren. Es können seit der Ankunft genauso gut Stunden verstrichen sein, wie Tage oder gar Wochen. Auf alle Fälle ist dies die intensivste Zeit seines Lebens gewesen. Die Gedanken sind ausgetauscht, die Worte gewechselt, die Verbindungen geknüpft.

Frank bittet zur großen Abschlussrunde. Kalle ist schon sehr gespannt, welchen Höhepunkt dieser Abschluss wohl bringen wird, nach einem an Höhepunkten wahrlich reichen Zusammentreffen. Sie bilden also mit allen Teilnehmern große konzentrische Kreise mit dem kleinen Altar als Mittelpunkt.

Eigentlich waren Orchideen nie Kalles Lieblingsblüten, anders als für Marlene, die sich immer wieder für sie begeistern konnte und das Wohnzimmer doch des Öfteren mit ihnen schmückte. Sie kamen ihm immer ein wenig zu künstlich vor, zu durchgestaltet. Rosen und insbesondere Tulpen waren ihm immer näher. Diese besondere Orchideenblüte allerdings, wie sie dort liegt im Angedenken an Misaki, ist für Kalle ganz genau richtig, an der richtigen Stelle und zur richtigen Zeit, und schön.

Die Engel haben sich diskret dazugesellt und bilden einen eigenen konzentrischen Kreis um die Tagungsteilnehmer herum. So sind diese vor allem Bösen geschützt, nehmen sich an den Händen und beginnen zu der überirdischen Chormusik, die Kalle schon beim ersten Treffen mit den Engeln vernommen und lieben gelernt hat, im Kreise zu schreiten, zu tanzen und mitzusingen. Die Gesänge steigern sich an Lautstärke und Intensität, die Kreise lösen sich auf und die Tänzer wirbeln hingerissen, mitsingend und mitklingend, über den Strand.

Na, das ist mal eine Party! Das genießt sogar Kalle, der Partymuffel. Leider allerdings eine Abschiedsparty. Der Abschied von Misaki und der Abschied voneinander. In der Runde seiner früheren Arbeitskollegen wurde gerne gesagt: „Alles hat ein Ende, nur die Wurst hat zwei." Um nur keine Sentimentalitäten aufkommen zu lassen.

Na ja, bei den Verabschiedungen, die jetzt stattfinden, fließen natürlich reichlich die Tränchen. Man schüttelt sich die Hände, umarmt sich, tauscht Adressen aus und bemüht sich, auf keinen Fall jemanden zu übersehen.

Auch Frank wünscht Kalle alles Gute und merkt an, dass sie sich in nicht allzu ferner Zukunft wiedersehen werden: „Kalle, ich freue mich, dass du in den letzten Tagen in deinen Möglichkeiten sehr viel weitergekommen bist. Dadurch hat dein Gesichtskreis sich enorm erweitert, und du kannst auf allen Feldern neue Wirkungen und Fortschritte einleiten.

Dein Verantwortungsbereich wird in erster Linie der Kampf gegen die Einflüsterungen desjenigen Wesens sein, das du auf dem Mond so nahe kennengelernt und Schnulli getauft hast.

Noch viel wichtiger wird auf deinem weiteren Weg aber deine Erkenntnis sein, die du von deinem Einsatz auf dem Mond hast mitnehmen dürfen: Wir werden Kräfte und Strategien entwickeln müssen, die die widerstrebenden Geister dabei unterstützen, zum Licht und zur Liebe zurückzukehren. Deren jetzige Einwirkungen und Einflussnahmen haben zurzeit ihre überaus strenge Berechtigung und bittere Notwendigkeit. Das wird aber nicht so bleiben können. Wir werden sie auf keinen Fall zurücklassen in ihrer Verhärtung und Einseitigkeit. Lasten werden abgenommen und Schulden werden beglichen werden müssen. Auch und gerade die Schulden und Lasten anderer Wesen und Lebensformen." Die letzten Worte, die Frank an Kalle richtet, lauten:

DER FRIEDEN SEI MIT DIR
JA SO SEI ES

KAPITEL 9

Planet des Irrsinns

Die Runden beginnen sich aufzulösen. Der letzte Tag hat seinen krönenden Abschluss gefunden. Das Nachtdunkel hat angefangen, die Herrschaft des Tageslichtes abzulösen. Allgemeine Ruhe kehrt ein. Da Kalle noch in keiner Weise müde ist, nutzt er die Gelegenheit, sich in die Nähe des still vor sich hin rauschenden Wassers in den Sand zu setzen und in der Ruhe die Gedanken zu ordnen und durchzugehen.

Jemand hat sich neben ihm niedergelassen. Wer kann das wohl sein? Tatsächlich, es ist Peter, dessen Nähe er in den letzten Tagen immer wieder gespürt, aber auch vermisst hat.

„Nun, Kalle, was sagst du?"

„Ja, gute Frage. Für mich stellt sich alles irgendwie so widersprüchlich dar. Gleichzeitig gibt es doch so viel zu sagen, andererseits aber auch nicht. Ist die Zeit der Worte verstrichen, muss jetzt die Zeit der Taten folgen?"

„Worte sind nie und nimmer vorbei oder gar überflüssig. Aber du hast vollkommen Recht: Worten müssen Taten folgen. Anderenfalls würde die Gefahr des Stillstandes drohen. Und was das bedeutet, das hat sich dir bei deinem Besuch auf dem Mond in aller Deutlichkeit gezeigt.

Es wird ja gerne gesagt, dass der Blick immer nach vorne gerichtet sein sollte. Und in der Tat: Der Blick zurück enthält die Gefahr der Erstarrung. So ist zumindest die alte Geschichte von Loths Weib gemeint: Loths Weib blickte gegen den ausdrücklichen Befehl des Engels zurück und erstarrte beim Anblick der untergehenden

Sünden-Städte zur Salzsäule. Das musste deswegen so geschehen, weil ihr Blick zurück selbstsüchtig war und der Neugier geschuldet, nicht lernwillig.

Es kommt eben immer darauf an, wie wir mit solchen Urweisheiten umgehen. Selbstverständlich gehört für uns alle der Blick in die vergangenen Geschehnisse zu den Lernprozessen, denen wir uns tagtäglich zu unterziehen haben.

Bei uns Engeln stellt sich das nur ein wenig anders dar, als bei euch Menschen. Im Prinzip ist es aber gleich. Wir Engel und die höheren Wesen arbeiten in einer Sphäre der Gleichzeitigkeit von Vergangenheit, Gegenwart und Zukunft. Wie wir schon erwähnt hatten, existiert Zeit für uns nicht.

Bei euch Menschen ist die Sachlage deswegen ein wenig anders, weil ihr bisher nur in extremen Ausnahmesituationen einen spontanen Zusammenfluss von Vergangenheit, Gegenwart und Zukunft erleben könnt. Zum Beispiel in Momenten höchster Lebensgefahr, oder in der Regel im Moment des Sterbens. Die geistig-seelischen und moralischen Kräfte sind bei euch noch nicht weit genug entwickelt.

Deshalb möchte ich dir, lieber Kalle, jetzt zum Abschluss der denkwürdigen Tagung noch etwas zeigen. Du kennst das ja schon: Entspannen und loslassen. Den Rest erledige ich."

Bei dieser Exkursion hat Peter dankenswerterweise nicht den Turbo gestartet, sondern die Reise geht mit deutlich weniger als Lichtgeschwindigkeit. Das Auge soll ja auch was davon haben. Sie heben also ab von der Erde, fliegen vorbei am Mond. Kalle spart sich die Frage, ob Schnulli ihnen noch zuwinkt. Sie jagen mit hoher Geschwindigkeit in den leeren Raum hinein.

Die Sonnenscheibe wird merkbar kleiner und vor ihnen in Flugrichtung taucht eine Art Planet auf, der schnell größer wird. Es ist offensichtlich kein richtiger Planet, denn der Mars kann es nicht sein, der sieht ganz anders aus, und die Riesenplaneten können es auch nicht sein. Die sind einfach zu riesig.

Im zügigen Näherkommen zeigt sich immer deutlicher, dass es etwas ganz anderes sein muss als ein normaler Planet. Die sichtbare Oberfläche dieses Himmelskörpers, oder was auch immer es sein soll, ist belebt. Es werden ausgedehnte Wasserflächen erkennbar, auf Landflächen zeigen sich Wälder, Felder, Wiesen und ganz besonders Städte.

Es gibt viel mehr Land als Wasser, und das Land ist zum allergrößten Teil von Siedlungen bedeckt. Irgendwie scheint es auch keine Atmosphäre zu geben. Kalle sieht auf jeden Fall keine Wolken oder sonstige Anzeichen, die auf eine Lufthülle deuten würden. Der Planet scheint auch sehr klein zu sein. Das fällt ihm beim Anflug und bei der Landung auf. Der Horizont ist viel näher als auf der Erde oder sogar auf dem Mond.

Irgendwie erinnert ihn die gesamte Szenerie an die Geschichte vom Kleinen Prinzen, der ja auch nur einen sehr kleinen Planeten zur Verfügung hatte. Seltsamerweise ist es auch sehr hell, so wie auf der Erde bei vollstem Sonnenschein im Sommer. Die Sonne, sie ist im Zenit deutlich zu erkennen, ist aber sehr klein. Kaum größer als ein sehr heller Fixstern. Wo also kommt das viele Licht her?

Kalle wendet sich der Szenerie zu. Es herrscht ein munteres Leben. Warum verwundert es ihn überhaupt nicht, dass er viel mehr Phantasiegestalten wahrnimmt, als menschliche? Es erinnert ihn einfach an das Treiben, das ihm auf dem Mond begegnet war. Nur ist jetzt alles hell erleuchtet, wirkt allein schon dadurch viel friedlicher. Kein Gezerre, kein Toben, alles recht gesittet und geordnet.

„Machen wir mal einen kleinen Spaziergang, Kalle. Der Planet ist zwar klein und überschaubar, du hast aber noch nicht annähernd alles gesehen."

Peter hat wohl Recht und sie wandern los, begleitet von einem Schwarm kurioser Figuren, die die Ankunft zweier fremder Besucher vermutlich für eine willkommene Abwechslung halten, und sich neue Eindrücke und vielleicht sogar Sensationen erhoffen.

Das meiste, was ihnen begegnet, macht einen ziemlich alltäglichen Eindruck. Es scheint eine gewisse Ordnung zu herrschen. Sie durchwandern Bereiche, die von völlig fremdartigen, zum Teil unschönen Gestalten bevölkert werden. Dann treten sie in Regionen ein, die eher einen menschlichen Eindruck machen. Es gibt sogar Gebäude ganz verschiedener Stilrichtungen. Manches wirkt sehr altertümlich, um nicht zu sagen antik.

Anderes ist hochmodern oder sogar futuristisch. Hier herrschen die Mitglieder einer menschlichen Spezies vor, die mit allen erdenklichen Tätigkeiten beschäftigt sind. Man kümmert sich kaum um sie. Vielleicht sind sie ja Besuch von außerhalb gewöhnt. Oder gehört Kalle sogar in gewissem Sinne hierher? Vieles kommt ihm in rätselhafter Weise vertraut und bekannt vor. So wie er sich des Morgens im langsamen Aufwachen zumindest bruchstückhaft an Träume erinnert, die ihn während der Nacht geplagt, heimgesucht oder erfrischt und sogar bereichert haben. Je nachdem.

Ihr Spaziergang führ sie an einem Prachtbau vorbei, den Kalle doch einmal gerne inspizieren möchte. Ein seltsamer innerer Drang zieht ihn zum Eingang hin und er betritt das Gebäude durch das ausladende Eingangsportal. Peter möchte allerdings lieber draußen bleiben. Soll er.

Drinnen wird er von Lakaien in Livree in Empfang genommen, ein kleiner Begrüßungstrunk wird ihm gereicht. Sodann geleitet ihn der Empfangschef in den Ballsaal. Was er da soll, weiß Kalle nicht. Er will doch gar nicht tanzen. Diese Art von Freizeitbeschäftigung ist ihm immer ein Greul gewesen, sehr zum Bedauern von Marlene, die gerne getanzt hat.

Im Saal herrscht ein munteres Treiben. Der Raum ist angefüllt mit Tanzpaaren, Orchester, lauter Musik und guter Laune. Ganz anders als draußen im Empfangsbereich. Die Stimmung ist ausgelassen. Kalle lässt sich sogar ein wenig davon anstecken, der Begrüßungstrunk hat wohl sein Übriges dazugetan. Er beginnt, durch den Saal zu wandern, umgeben von wirbelnden Paaren.

Was er jetzt entdeckt, kann er nicht glauben, ist aber unbedingt wahr und nicht wegzuschieben. Ihm ist schon gleich zu Anfang aufgefallen, dass ihm nicht wenige der Gesichter seltsam bekannt vorkommen. Genauso wie draußen. Was sich ihm allerdings jetzt zeigt, erwischt ihn dann doch auf dem falschen Fuß: Es ist tatsächlich Marlene, die dort mit einem Tanzpartner über das Parkett wirbelt, der ihm ebenfalls irgendwie sehr bekannt vorkommt. Kalle drängt sich weiter durch und gelange mit einiger Mühe ans Ziel. Die Musik hat kurz unterbrochen, die Paare klatschen. Er ruft ihren Namen.

Marlene dreht sich zu ihm um. Ihre Reaktion ist allerdings anders, als er erwartet hat. Sie runzelt die Stirn, versucht sich abzuwenden.

„Marlene, kennst du mich nicht mehr?"
„Was willst du hier?"

„Marlene, was soll das? Du bist meine Ehefrau!"

Den Schnösel an ihrer Seite erkennt er jetzt. Es ist Sebastian, der Klassenprimus, der damals versucht hatte, ihm Marlene auszuspannen, und damit auch fast erfolgreich war.

„Alter, verpiss dich!"

Kalle hat das dringende Gefühl, sich übergeben zu müssen. Aber alles an und in ihm ist erstarrt. Er atme nicht einmal mehr. Er versucht zu schreien, um Hilfe zu rufen. Es geht nicht. Marlene hat sich ihm kurz wieder zugewendet, sie legt den Kopf zurück, räuspert sich und spuckt ihm eine volle Ladung Rotz mitten ins Gesicht.

Die Musik hebt wieder an. Die Paare wirbeln. Offensichtlich ist er Mittelpunkt des Interesses geworden. Man tanzt um ihn herum, Gelächter, Gegenstände werden geworfen. Total panisch und durcheinander versucht er, das Weite zu suchen. Das geht aber nicht. Er ist wie gelähmt, steht wie angewurzelt und blickt an sich herab. Er ist ganz nackt.

Verzweifelt dreht er sich zum Ausgang, wo Peter steht und auf ihn wartet. Der winkt heftig, er soll doch kommen. Würde er auch gerne, aber wie? Da kommt ihm der rettende Gedanke: Peter hatte ihm ganz zu Anfang den guten Rat mit auf den Weg gegeben: „Kalle, wenn die Situation völlig ausweglos erscheint und du weder aus noch ein weißt, dann musst du dich zentrieren. Auch wenn es in solch einer Notlage fast unmöglich zu sein scheint, musst du die innere Ruhe finden, ganz Selbst werden, die Mitte und das innere Licht suchen. Der Rücken muss gerade werden."

Na dann. Kalle richtet sich auf aus seiner Schmerzverkrümmung und sucht den Blick der Spukgestalten. Sie weichen allerdings aus. „Feiges Gesindel!" Sowas mögen die wohl nicht gerne hören. Er wird lauter, beginnt den Musiklärm zu übertönen: „Feiges Gesindel! Ihr könnt mich mal! Kommt doch näher und stellt euch! Wo bleibt ihr denn?!"

Der Musikkrach ist verstummt, das Gewirbel zum Stillstand gekommen. Na, immerhin schon mal was.

„Du beknackte, dumme Marlene-Imitation, komm doch her zu mir. Trau dich nur. Hast du schon die Hosen voll?"

Er könnte noch weiter seine Wut und seinen Frust hinausschreien. Es reicht aber. Die Gäste haben sich in aller Stille entfernt. Sie haben wohl eingesehen, dass ihr Auftritt nicht den gewünschten Erfolg hatte. Der Saal ist leer. Reinigungskräfte beginnen, den Abfall zu beseitigen und den Boden zu fegen. Kalle nimmt das als Zeichen, dass er sich ebenfalls vom Acker machen kann, und siehe da, es geht.

Peter wartet draußen und ohne Kommentare wandern sie still weiter. Die Umgebung verändert sich langsam. Die Straßen wirken jetzt ungepflegter, die Gebäude zum Teil verfallen. Auch das Publikum hat gewechselt. Man flaniert nicht mehr gut gekleidet in angeregtes Gespräch versunken. Nein, die Leute machen einen kranken und hinfälligen Eindruck. Die von Schwären und offenen Wunden bedeckten Leiber werden nur unzureichend von lumpigen Fetzen bedeckt. Es sieht so aus, wie Kalle sich eine Lepra-Kolonie vorstellen könnte.

Sie wandern weiter. Der Weg führt sie an einer Ruine vorbei, die wohl mal ein Hallenbad gewesen ist. Die Fassade ist eingefallen, so dass der Blick ins Innere unverstellt ist. Da drinnen ist eine Räumlichkeit zu erkennen, bei der es sich wohl um eine einstige großzügig angelegte Sauna handelt.

Der Raum ist von nackten Paaren bevölkert, die unterhalb der Gürtellinie irgendwie aneinandergefesselt oder -geklebt zu sein scheinen, so wie Schnulli und Kalle es kurzzeitig gewesen waren, allerdings nicht so intim. Die Paare vollführen eine Art Gesellschaftstanz oder Gymnastik, um es milde auszudrücken. In Wahrheit findet hier eine Orgie der Extraklasse statt, wie Kalle es sich wohl in seinen wildesten Träumen nicht hätte ausmalen können.

Man sollte meinen, dass das Geschehen für die Beteiligten irgendwie mit Genuss verbunden sei. Es sieht aber nach allem anderen aus als nach Genuss.

Die Gesichter sind wut- und schmerzverzerrt. Es schreit, tobt und wütet. Die verketteten und verklebten Paare schlagen aufeinander ein und fügen sich üble Verletzungen zu.

Kalle will gerade den Blick abwenden von der Scheußlichkeit, da fällt ihm im vorderen Bereich ein Paar auf, das besonders wütend und lautstark tobt. Es kann doch nicht sein, aber der Anblick trügt nicht: Es ist schon wieder Marlene mit ihrem Macker. Die beiden wenden sich ihm zu, feixen und winken höhnisch.

Peter hält ihn zurück. „Kalle, du kannst diese Spukgestalten getrost sich selbst überlassen. Zu machen ist da vorläufig nichts. Du bist auch nur hier, um zu sehen und zu lernen."

Die Straßenzüge sind jetzt nur noch von Ruinen gesäumt, es ist menschenleer, aus den gähnenden Löchern in den Häusern, die wohl mal Fenster gewesen sind, glotzt hin und wieder ein ausgemergeltes von Krankheit und Gebresten entstelltes Gesicht. Es ist totenstill, nur aus der Ferne tönt das gedämpfte Brausen einer Versammlung, deren Geräusche so ähnlich klingen, wie das Toben eines vollbesetzten Fußballstadions. Dorthin lenken die beiden ihre Schritte.

Bald haben sie einen größeren Platz erreicht, der aussieht wie ein antikes Amphitheater. Die Ränge sind gut gefüllt mit zerlumpten Gestalten, die lautstark eine riesenhafte Gestalt bei ihrem Auftritt anfeuern. Der Anblick ist mit Worten allerdings kaum beschreiben. Der Riese ist dabei, sich mit Krallenfingern die Bauchdecke aufzureißen, in den herausquellenden Eingeweiden herumzuwühlen, sich ganze Muskelstücke aus dem Körper zu fetzen, sie sich in das Maul zu stopfen und der entfesselten Meute zum Fraß vor zu werfen, was diese mit jubelndem Kreischen und Heulen quittiert. Die herausgerissenen Körperstücke wachsen mit unheimlicher Geschwindigkeit nach, so dass ein Ende dieser absurden Zurschaustellung nicht zu erwarten ist. Fast noch schlimmer als die Show der Idiotie selbst ist der unerträgliche Gestank, der offensichtlich dem gepeinigten Körper entströmt und die ganze Gegend verpestet. Sowie das Geheul grenzenloser Verzweiflung, das von dem erbärmlichen Wesen in die Welt ausgestoßen wird.

Kalle gerät durch die unglaublichen Eindrücke völlig außer sich, und schickt sich an, auf Peter einzuschlagen. Dieser packt ihn geistesgegenwärtig am Arm, er hat wohl mit einer solchen Reaktion gerechnet. In Gedankenschnelle verlassen sie diese unwirkliche und irrsinnige Örtlichkeit und landen wiederum auf dem nächtlichen afrikanischen Strand am Indischen Ozean.

Minutenlang sitzt Kalle wie erstarrt im Sand. Er vergisst sogar zu atmen. Er springt auf, rennt hin und her, schmeißt sich hin, springt wieder auf, setzt sich, dann kommen die Tränen. Er hat wohl noch nie im Leben so geweint. Peter hat sich hinter ihn gehockt und massiert behutsam seinen Nacken.

„Ich verstehe es nicht!"

„Das kannst du auch nicht so schnell, Kalle. Wer kann so etwas schon leicht verstehen? Es ist aber an der Zeit! Das musst du mir glauben."

„Wie an der Zeit?" Das Atmen geht jetzt wieder leichter.

„Es ist an der Zeit, dass du dir der Kräfte bewusst wirst, die in dir erwachen. Der Weg, auf dem Frank, Misaki, Marlene und viele andere der Menschen schon weiter fort- und dir vorangeschritten sind, ist vollgestellt mit Beschwernissen und Mühen, die du eben zum Teil erst kennenlernst und erkennst, wenn du die jeweilige Stufe erreichst."

„Woher weiß ich denn, dass ich das überhaupt gewollt habe?"

„Das ist eine wichtige Frage. Das wissen wir eben sehr oft nicht oder höchstens in Andeutungen und groben Umrissen. Wenn es dann aber so weit ist, dann müssen wir gänzlich auf unsere innere Stimme lauschen, die manchmal sehr leise klingt. Wir können aber immer sicher sein, dass die helfenden Kräfte mindestens in der Nähe sind und eingreifen, wenn es Not tut. Und wir können immer sicher sein, dass wir in der Bewältigung der Aufgaben und Herausforderungen, die an uns gestellt werden, nie überfordert werden. Voraussetzung ist allerdings, dass wir auf dem regulären Weg voranschreiten, und nicht durch den Einsatz unerlaubter Hilfsmittel versuchen, durch Abkürzungen schneller zum Ziel zu kommen. Das wird leider von Vielen versucht, und die Konsequenzen sind verheerend.

Das ist dir vorhin auf dem Planeten des Irrsinns, wie du ihn nennst, teilweise gezeigt worden. Hierzu muss ich dir sagen, und ich glaube du ahnst es auch schon, dass dir vieles auf diesem kleinen Planeten so bekannt vorkam, weil du selbst es bist. Es ist DEIN PLANET! Alles, was dir dort begegnet ist, bist du selbst. Es ist nur ein Abbild deiner tiefsten Seelenabgründe. Du bist es selbst, in allem."

„Ist das so? Bin ich also schlimmer als der Fürst der Finsternis, mit dem ich auf meiner Reise zum Mond einige Scharmützel ausgetragen habe? Das war doch immerhin zum Teil fast lustig."

„Beim Letzteren gebe ich dir Recht. In gewisser Weise hast du da eine Art Kabarett abgezogen. Das Wesen, dem du dich dort gestellt hast, gehört allerdings auch nicht zu den ganz Schlimmen. Es gibt da noch diverse Steigerungen, deren Anblick deine Kräfte aber bei Weitem übersteigen würde, und vor denen du vorläufig geschützt wirst.

Diese Schlachten schlagen jetzt noch Andere, aber deine Zeit wird mit dem stetigen Anwachsen deiner Kräfte auch in diesen Regionen noch kommen. Und in gewisser Weise fließen von dir bereits jetzt unterstützende Impulse dorthin, was von den kämpfenden Geistern auch gerne und erfreut angenommen wird. Jeder lichterfüllte Gedanke, jedes gereinigte Gefühl, jeder aus der Selbstverliebtheit befreite Wille hilft ihnen und stärkt sie.

Zum Ersteren: Nein, schlimmer bist du in diesem Vergleich nie und nimmer. Wie du weißt, sollte sich sowieso niemand mit irgendjemandem vergleichen. Das führt zu nichts, macht nur unnötigen Kummer und ist Zeitverschwendung. Jeder Mensch und jedes lebendige Wesen steht für sich und kann nur aus sich selbst heraus betrachtet und verstanden werden.

Wir alle sind auf der einen Ebene weiter in der Entwicklung, auf der anderen hängen wir zurück. Das gleicht sich aus und es ist nicht der Punkt. Sei wie du bist und schreite unbeirrt voran.

Abschließend darf ich dir noch einen weiteren Ausblick gewähren: Dieser Planet des Irrsinns, wie du ihn nennst, macht in Teilbereichen einen verwahrlosten und wilden Eindruck. Im Großen und Ganzen kommt er dir fremd vor. Das ist eine nachvollziehbare Reaktion, da du die Geschehnisse auf diesem kleinen Himmelskörper das erste Mal in dieser Intensität und so unmittelbar kennengelernt hast. Es ist aber dein ganz eigener Planet, er ist ein Abbild deines tiefsten Innenlebens. Deshalb kam er dir in gewissem Sinne auch vertraut vor.

Deine Aufgabe und deine Arbeit wird es sein, die Verhältnisse auf dieser Welt zu ordnen und zu verbessern, bis er eines noch ferneren Tages zur geistigen Erde, von der er einst ausgestoßen wurde, zurückkehren und wieder in sie eingegliedert werden kann."

KAPITEL 10

Rückkehr

Wer glaubt, dass der Rückflug im Shuttle von einer nennenswerten Lautstärke begleitet werden würde, befindet sich auf dem Holzwege. Alle Teilnehmer der Tagung sind so angefüllt von unbearbeiteten Eindrücken und Gefühlen, die erst einmal zur Ruhe kommen müssen, dass eine wie auch immer geartete kommunikative Geräuschkulisse fremd und unpassend wirken würde.

Wer so nahe am Himmel gewesen ist, wie sie in den letzten Tagen, für den ist glasklar ersichtlich, dass die zarten Saatkörner, die in den letzten Tagen auf den Beeten ihrer Seelen eingepflanzt worden sind, zumindest in Tagen, eher in Wochen, vielen Monaten oder sogar Jahren, Gelegenheit bekommen müssen, zu keimen, auszuschlagen, aufzuwachsen, zu blühen und Früchte zu tragen.

Kalle selbst erlebt sich auf diesem Rückflug gleichzeitig wie betäubt und doch wie überwach und überreizt. Der Ackerboden der Seele war noch nicht hinreichend vorbereitet für diese Flut von Eindrücken, die als milder Landregen über einen längeren Zeitraum hätten aufgenommen werden sollen. Alle inneren Kräfte muss er jetzt aufbieten, um den über ihn hereingestürzten Platzregen zu kanalisieren, zu speichern, zu ordnen und in tragbaren Dosierungen auf seinem nur unzureichend vorbereiteten Acker auszubringen.

Das über die Tage ausgeblendete und weggeschobene Schlafbedürfnis rauscht wie eine Lawine über ihn hinweg, und er erwacht erst nach der Landung auf dem Kairoer Flughafen durch die unerbittlichen Bemühungen der Stewardess, die ihm anschließend dankenswerterweise ein heißes, trockenes Tuch in die Hand drückt, mit dem er über das verschwitzte Gesicht wischt und dadurch in sehr angenehmer und erfrischender Weise endgültig wach wird.

Eine Übernachtung im Flughafenhotel ist auch diesmal wieder mit dabei, die er ausnahmsweise nutzt, um kurz entschlossen durchzuschlafen. Der Flug in die Heimat geht am späten Vormittag, so dass Kalle gute Zeit hat, um in Ruhe zu frühstücken und mit einigen Tagungsteilnehmern zu plaudern. Sie alle genießen die Gelegenheit, nach den Tagen intensivsten Arbeitens und Studierens, auch einfachere und alltäglichere Themen zu bewegen. Für sie ist es erstaunlich, und sie empfinden alle so, wie weit entfernt und geradezu fremd das sogenannte alltägliche und normale Leben für sie in diesen Tagen am Strand des Indischen Ozeans geworden ist und wie eine gewisse Kraftanstrengung von Nöten ist, um in die Alltäglichkeit wieder zurückzukehren.

Die Reise im Großraumflieger bietet keinerlei Abwechslung. Kalle wundert sich nur immer wieder über die Begeisterung oder zumindest das Selbstverständnis, mit dem andere Fluggäste, und wohl ganz besonders die Vielflieger, in die sehr spezielle und für ihn gewöhnungsbedürftige Stimmung in den Flughäfen und in den modernen Flugzeugen eintauchen und sich dem hingeben. Die Reisenden und das Flugpersonal sind in einen dermaßen bis in die kleinsten Einzelheiten durchorganisierten, -technisierten und -optimierten Arbeits- und Bewegungsablauf eingebunden, dass ihm die Menschen, seine Wenigkeit eingeschlossen, vorkommen wie die Avatare in Computerspielen, die ohne eigenen Willen, ferngesteuert von unsichtbaren gottgleichen Wesenhaftigkeiten, roboterhaft durch futuristisch-gebäudeähnliche Gebilde hasten und von seltsamen Maschinen angesaugt oder ausgespuckt werden.

Es ist klar, der Massentourismus und die Massenfliegerei können nicht anders funktionieren. Nur sieht Kalle nicht die Bereicherung für die Menschen oder eine Steigerung der Lebensqualität. Man kann sich diesen Zirkus ja mal ansehen, aus Interesse. Aber wenn er nach Menschlichkeit sucht, findet er weniges.

Wenn er sich das Gerenne, das Starren auf die Anzeigetafeln, das nutzlose Rumhocken in den Wartezonen, mit den Laptop- und Smartphone-Hackern und -Fummlern, anschaut, dann sucht er irgendwie das Menschliche vergeblich. Die Einzigen, die sich interessiert ihre Mitmenschen betrachten, scheinen ihm die Angehörigen des Sicherheitspersonals zu sein, auf der Suche nach Störenfrieden und Terroristen.

Und womöglich die Taschendiebe.

Nun ja, Kalle ist für solche Dinge nicht geboren, und muss zum Glück auch höchst selten daran teilnehmen. Er betrachtet es dann als eine Art Studium. Und als Marlene noch lebte, hatten beide jede Menge Gelegenheit, um kuriose und komische Situationen zu beobachten und sich gegenseitig darauf aufmerksam zu machen.

Marlene hatte überhaupt ein großes Interesse an ihren Mitmenschen und beobachtete Dinge und Situationen, auf die Kalle nicht so leicht aufmerksam wurde. So sind die Menschen verschieden: Er hat eher einen Blick für das Technische, Marlene konnte sich für alles Menschliche begeistern.

Die für Kalles Geschmack furchtbar übertriebene Technisierung durch die oben beschriebenen Gegebenheiten wird ihm allerdings immer fremd bleiben. Er braucht

Technik zum Anfassen, die er verstehen und mit der er handgreiflich umgehen kann.

Nun ist er also wieder Zuhause, gefühlt nach jahrelanger Abwesenheit. Das klingt bizarr, übertrieben und paradox. Aber wer kann schon sagen, was alles aus dem unerkannten und unbekannten Vorrat von vielfältigen Gefühlen, die ständig in einem Menschen geistern und wispern, nagen und rütteln, brodeln und sprudeln, urplötzlich aufpoppt. Hervorgerufen wird es oft durch Missverstehen, Ungenauigkeiten, Ungeduld, Taktlosigkeit sowohl aus der eigenen Seele, als auch vom Gegenüber. Einfühlsamkeit ist eine hohe Tugend und Fähigkeit, die meistens nicht in die Wiege gelegt ist, sondern durch ständiges Üben und Aufmerksamkeit gepflegt und gefördert werden muss. Sogar die Einfühlsamkeit sich selbst gegenüber.

Das klingt wieder seltsam paradox, abgehoben und konstruiert. Kalle vertritt aber die Ansicht, dass es in der Regel harter Arbeit bedarf, um in dem Garten der Gefühle für Ordnung zu sorgen, das Unkraut klein zu halten, schöne Beete anzulegen und einen ausgewogenen Zustand des Gleichgewichtes zwischen Ansehnlichkeit und Zweckmäßigkeit zu erreichen.

Auch in dieser Hinsicht war Marlene immer ein Vorbild und hatte nicht nur nach seiner Meinung den schönsten Garten in der ganzen Umgebung.

Äußerlich und innerlich hat sich für Kalle einiges geändert. Schon während der Teilnahme an der Tagung war er zunehmend dringlich mit der Frage in sich gegangen, ob es wirklich weiterhin sinnvoll oder notwendig sei, den sogenannten Lebensabend in einem verhältnismäßig großen Haus zu verbringen, in dem eine große Familie mit sechs Mitgliedern lange und gut gelebt hatte. Dem steigenden Platzbedarf der Kinder hatten sie jederzeit zufriedenstellend nachkommen können. Auch für Marlenes musische und seine technischen Bedürfnisse war immer genug Raum gewesen.

Was soll ein kleiner Einzelmensch in einem Haus mit acht Zimmern, zwei Bädern, zwei Toiletten und Vollkeller anfangen? Als die Kinder nach und nach auszogen, hatte Marlene an Studenten und Tagesgäste vermietet. Dazu hat Kalle jetzt absolut keine Lust mehr. Der Aufwand steht für ihn in keinem Verhältnis zum Ertrag.

Marlene hatte immer große Freude an dem Kontakt mit der Kundschaft. Auch auf dieser Ebene sind Kalle schlicht und ergreifend Grenzen gesetzt. Und er weiß ja überhaupt nicht, was da so alles an schwierigen Charakteren auf ihn zukommen würde.

Gut dass die Mietverträge im Verlauf des letzten Jahres ausgelaufen sind, und er sich nicht um etwas Neues gekümmert hat. So ist das Haus immer leerer geworden, und die letzten beiden Studenten sind vor einigen Wochen ausgezogen. Die Einladung zu der Tagung in Afrika war eine deutliche Zäsur und stellt eine gute Gelegenheit dar, wieder einmal nachzudenken und eine Entscheidung zu treffen. Und die lautet eindeutig: Verkaufen.

Hilfreich ist, dass Martin zufällig ein paar Tage geschäftlich in der Nähe zu tun hat. So kann er bei der Abwicklung des Besitzwechsels behilflich sein, und die ganze Angelegenheit zügig über die Bühne bringen.

So ein verhältnismäßig großes Objekt ist nicht leicht loszuschlagen. Nützlich sind allerdings die traumhafte Lage und die Tatsache, dass ein Unternehmer in der Gegend gerade ein größeres Anwesen als Wohn- und Betriebssitz sucht. Der Mann wirkt auf Kalle zwar nicht direkt sympathisch, aber neben Sympathie und Antipathie existieren im Geschäftsleben einfach noch andere Kriterien. Und wenn dem Hausgeist der neue Bewohner nicht passt, muss er einfach ebenfalls ausziehen.

Nun ist also alles zur vollen Zufriedenheit abgewickelt, die Mädels sind anlässlich des endgültigen Auszugs ebenfalls erschienen und haben tränenreich Abschied genommen von der alten Heimat. Alle sind schon wieder zurückgekehrt in ihre eigenen Lebensumfelder. Nur Kalle wandert noch einmal alleine durch die großen, hohen, leeren Räume. Sein ganz persönlicher und trauriger Abschied.

Leer und fremd. Kalle fasst es nicht, wie leblos so ein entleertes Gehäuse wirken kann, das über Jahrzehnte Mittelpunkt pulsierenden Lebens gewesen ist. Freude und Leid, Höhepunkte und Tiefschläge, Streit und Versöhnung, Werden und Vergehen. Unglaublich, wie viel Schicksal in diese Mauern eingraviert wurde.

Das ist jetzt vorbei, neues und anderes Leben wird einziehen und seine eigenen Gravuren einmeißeln.

Leer und fremd. Ein letzter Gang durch Räume der Erinnerung. Was davon die Kraft hat zu bleiben, wird sich zeigen. Manches wird vergehen, anderes wird wachsen, blühen und Früchte tragen.

Leer und fremd. Ein plötzlicher Schwindel, ein Sausen, ein Sturz. Leere.

Kalle erwacht mal wieder da, wo er am liebsten ist. In einem Krankenhausbett. Keine Ahnung, wie das passieren konnte. Ihm fehlt doch nichts. Oder doch? Er wird sicherlich gleich aufgeklärt. Allerdings stimmt etwas mit der linken Seite nicht. Kalle bemerkt dort kein richtiges Gefühl. Mist! Sollte das etwa ein Schlaganfall sein? Das fehlte noch. Immerhin kann er den Kopf zur Seite drehen und betrachtet die unvermeidliche Verkabelung. Um ihn herum ein Summen und Blinken. Kalle ist wohl auf einer Intensivstation gelandet. Hatte er nicht mit Marlene und den Kindern vereinbart, dass sie auf keinen Fall intensivmedizinisch behandelt werden wollen? Die entsprechenden Dokumente lagern vermutlich in irgendeiner Schublade. Kalle könnte aus dem Stegreif nicht sagen in welcher.

Ironischerweise muss er gestehen, dass er im Moment auch gar nicht so scharf darauf ist, abgeschaltet zu werden. Irgendwie findet er das alles sehr interessant und möchte unbedingt miterleben, wie es weitergeht. Man wird alt wie ein Haus und lernt nie aus.

Rechts von ihm baumelt der Alarmknopf, und da für ihn die rechte Hand praktischerweise noch beweglich ist, drückt er einfach mal. Es ist vielleicht ganz sinnvoll, wenn er sich bei den Lebenden zurückmeldet.

Spontan öffnet sich die Tür zu seinem Zimmer, und wer tritt ein? Er fürchtet, zu versinken. Vor ihm steht sage und schreibe Schwester Gülcan. Na, das ist doch mal ein wahrhaft freudiges Wiedersehen. Kalle freut sich tatsächlich: „Blubberblubberblubber." Mit der Artikulation klappt es noch nicht so recht. „Sie müssen jetzt ganz ruhig bleiben, Herr Jacobi." Gülcan beugt sich über ihn. Die Augen schwimmen ein wenig.

„Blubberblubber."

„Ja, Herr Jacobi. Das ist für Sie jetzt eine ganz schwierige und herausfordernde Situation."

Die Tür öffnet sich abermals, der Oberarzt stürmt herein. Er tritt an das Bett, ein Blick auf die Monitore.

„Guten Tag, Herr Jacobi. Ich bin Doktor Heinzke, der zuständige Oberarzt dieser Intensivstation. Sie sind vor einigen Tagen ohne Bewusstsein und mit einem schweren Schlaganfall hier in die Klinik eingeliefert worden.

Soweit ich gehört habe, sind Sie leblos in Ihrer Wohnung aufgefunden worden. Wie lange Sie dort gelegen haben, weiß zurzeit keiner.

Sie sind bis auf die schweren Lähmungserscheinungen aber immerhin bei bester Gesundheit, und wir werden zeitnah die notwendigen Reha-Maßnahmen beginnen. Wir haben die berechtigte Hoffnung, dass Sie in absehbarer Zeit zumindest teilweise die Beherrschung Ihrer linken Körperhälfte wiedererlangen werden. Unsere Physiotherapeuten bewirken in diesem Zusammenhang wahre Wunder.

Ich übergebe Sie jetzt wieder den pflegenden Händen unserer Schwester Gülcan, die Sie kürzlich ja schon kennengelernt haben. Ihr lebensrettender Tipp war das wichtigste Gesprächsthema in der letzten Zeit in unserem Haus. Sowas haben wir hier auch noch nicht erlebt.

Falls Sie noch Fragen oder Anliegen haben, wenden Sie sich bitte an das Pflegepersonal. Also auf Wiedersehen und gute Besserung."

Gülcan tritt wieder ans Bett. Kalle macht mit der rechten Hand Zeichen, die andeuten sollen, dass er gerne etwas schreiben würde. So ein Glück im Unglück, dass er als Rechtshänder von einem linksseitigen Schlaganfall betroffen ist, und nicht von einem rechtsseitigen. Gülcan bringt eine Schreibunterlage mit Zettel und einen Bleistift. Kalles Notiz lautet: „Ausbildung?"

Gülcan lächelt unter Tränen. „Ja, ich habe die Chance erhalten, mich auf Intensiv fortzubilden. Ich bin sehr froh, dass ich in diesem Beruf, der mir so große Freude bereitet, noch weiterkommen kann. Und so sehen wir uns auch wieder.

Ich habe einige Nächte bei Ihnen gesessen, und ganz eigenartige Bilder wahrgenommen. Es war so, als ob Sie mit Ihrem Geist anwesend waren und mir etwas sagen wollten."

„Lass uns doch Du sagen."

Gülcan errötet. „Das habe ich mir so gewünscht. Ich heiße Gülcan."

„Ja, genau. Ich bin Kalle." Solange er mit kurzen Sätzen auskommt und keine Romane schreiben muss, geht es noch. Und vielleicht lernt er ja sogar wieder richtig Sprechen.

„Ich war im Himmel. Und in der Hölle."

„So etwas Ähnliches habe ich mir schon fast gedacht. Die Bilder, die du mir geschenkt hast, waren oft sehr schön, aber auch furchterregend. Ich würde so gerne Näheres wissen."

„Jetzt bin ich müde."

„Natürlich, entschuldige bitte. Ich lasse dich jetzt alleine, werde aber oft nach dir sehe ob es dir gutgeht." Gülcan steht auf, beugt sich über ihn und drückt ihm einen zarten Kuss auf die Stirn.

Kalle ist tatsächlich total erschöpft. Ein Versuch den Phantom-Leib vom irdischen Körper zu lösen scheitert kläglich. Also erst mal schlafen und Kräfte sammeln. Vielleicht geht es ja morgen besser.

Bevor Kalle einschläft, verspürt er einen zarten Rosenduft, der ihn umweht. Das hat er in den letzten Tagen schon mehrmals bemerkt, obwohl gar keine Rosen in der Nähe sind.

Das morgendliche Wecken ist so brutal, wie Kalle es von seinen wenigen Auftritten im Krankenhaus schon kennt: Wecken, Waschen, Abfrühstücken, Warten, Visite.

Der Oberarzt wirkt besorgt. Man wird für Kalle wohl nicht mehr sehr viel Hilfreiches ausrichten können. Noch einige genauere Tests, das war es dann wohl schon. Die nächste Station wäre Reha-Klinik. Das entscheidet sich in einigen Tagen.

Kalles Gedanken kreisen um Gülcan. Am gestrigen Tag hat er sie gesehen. Ihr wunderschöner Phantom-Leib hatte sich gelöst, und schwebte noch unsicher und unkontrolliert durch die Gegend. Der Engel war in der Nähe, zögerte aber mit Eingreifen. Es wäre hilfreich und wichtig, wenn Kalle einen Menschen finden könnte, der in ihrer Nähe sein und sie mit Rat und Tat unterstützen würde. Sollte er dieser Mensch sein? Mit dieser Behinderung? Nun, schreiben kann er ja immerhin. Also lässt er sich Papier bringen und beginnt einen „Roman" zu verfassen. Er berichtet darin von Marlene, von seiner ersten Begegnung mit den Engeln, von dem Ausflug auf den Mond, und in groben Umrissen von der Tagung in Afrika.

Des Abends erscheint Gülcan zu ihrer Schicht und eilt, sobald sie es einrichten kann, in sein Zimmer. „Lieber Kalle, ich habe so interessante Dinge geträumt. Es war so intensiv, dass ich fast unsicher bin, ob es geträumt war oder Wirklichkeit."

„Dann erzähle mal." Sein Gekrakel kann sie ganz gut entziffern.

„Ja, zunächst habe ich mich ganz leicht gefühlt, fast als ob ich ein bisschen schwebe. Das Schlafzimmer war zu sehen in ganz anderen Farben und auch anders beleuchtet als sonst. Die Zimmerpflanzen leuchteten besonders. Dann hatte ich das Gefühl, als ob ich nicht alleine bin im Zimmer. Dieses Gefühl war stark, aber nicht unheimlich. Eigentlich habe ich mich geborgen gefühlt. Ich glaube, dass du auch da warst oder in der Nähe. Dann wollte ich aufstehen, das ging aber nicht so richtig. Ich war irgendwie gefesselt. Eine eigenartige und sehr schöne Musik war zu hören. Dann war es vorbei und ich habe weitergeschlafen. Nachmittags bin ich dann aufgewacht vom Wecker, und habe mich so frisch gefühlt wie nur selten.

Du hattest bei unserem ersten Treffen ganz Recht: Die Nachtschichten sind eigentlich nichts für mich. Wenn ich die Fortbildung fertig habe, werde ich mich auf Frühschicht legen lassen. Darauf wird die Pflegedienstleitung eingehen. Die haben sowieso zu wenig Personal. Aber mein lieber Kalle, ich rede und rede. Wie geht es dir denn?"

„Blubberblubber." Ach Mist, geht doch nicht. Kalle reicht Gülcan den Zettel. Sie liest ihn durch, auch ein zweites Mal. Ihre Hände sinken in den Schoß.

„Ach Kalle, ich bin ganz durcheinander. Es ist so schön und es ist so traurig. Ich bin schon ein paar Mal verliebt gewesen und immer enttäuscht worden. Und jetzt treffe ich dich, und es ist ganz anders. Du bist so viel älter als ich. Ja, du könntest mein Vater sein. Ich hatte schon bei unserem ersten Treffen das Gefühl, dass zwischen uns etwas Besonderes lebt. Ich konnte es mir aber nicht so recht erklären. Und jetzt liegst du hier. Ich weiß nicht, was ich machen soll!"

Kalle versucht mit rechts zu lächeln. Muss komisch aussehen.

„Arbeiten und lieben. Gib mir Zeit zum Schreiben." Gülcan nickt und steht auf. „Du hast Recht. Es geht mir auch schon wieder besser. Ich gehe mal wieder an die Arbeit und freue mich auf deine Worte."

Peter steht am Fußende des Bettes und neben ihm ein zweiter Engel. Der wirkt ein wenig kleiner. Die Ähnlichkeit ist eindeutig. Kalle hat Besuch von Gülcans Begleiter.

„Hallo Jungs, setzt euch doch einfach." Peter lächelt, der andere Engel blickt etwas irritiert. Er ist Kalles burschikosen Ton wohl noch nicht gewöhnt.

„Na dann, ich glaube, dass wir einiges zu besprechen haben.“

„So ist es, Kalle. Zunächst: Es wird dich nicht überraschen, viel Zeit bleibt dir nicht mehr. Der Große Übergang rückt näher.“

„Ich weiß es und es überrascht mich nicht. Meine Arbeit ist getan, sogar über das geplante Maß hinaus. Ich bin so erfüllt von Dankbarkeit. Du hast mir so Vieles gezeigt in den letzten Tagen. Besser konnte ich nicht vorbereitet werden. Darf ich etwas zu Gülcan sagen?“

„Natürlich, Kalle.“

„Ihr kennt sie besser als ich. Ich kann euch also keine Vorschriften machen. Aber ich glaube, dass sie noch nicht so weit ist. Ihre Gefühle sind so groß und so lauter. Ich kann es kaum fassen. Aber es fehlt noch die Selbstbeherrschung.“

„Das sehen wir ganz genauso, Kalle. Sie steht an der Schwelle, klopft bereits an die Pforte, darf sie aber noch nicht durchschreiten. Es wird aber auch nicht mehr lange dauern. Die Begegnung mit dir hat sie einen großen Schritt weitergebracht. Es ist gut, dass du dich noch ein wenig um sie kümmern kannst, und dann wird mein Kollege übernehmen. Es geht alles seinen guten und regulären Gang. Du darfst ihr die Richtung aufzeigen, den Kurs. Gehen wird sie alleine. Aber natürlich wirst du sie von Drüben noch eine ganze Weile begleiten und über sie wachen.“

„Das ist gut.“ Kalle kann sich die Frage nicht verkneifen. „Wann wird es so weit sein?“

„Bald, Kalle, bald.“

Kalles letzter Auftrag. Eifrig macht er sich ans Schreiben. Es füllt sich Seite für Seite. Wird das eigentlich so eine Art Testament, ein Vermächtnis? Gülcan blickt bisweilen herein, sieht Kalle schreiben, lächelt, schließt wiederum die Tür.

Peter hatte ihm bei einer Gelegenheit erklärt, dass sich der Phantom-Leib des Menschen während des Sterbens endgültig ablöst, also die Nabelschnur zerrissen wird, und dann beginnt sich in der Welt der Geister aufzulösen, so wie der irdische Leib sich in die Erde hinein auflöst. Bei den meisten Menschen vollzieht sich dieser Prozess der Auflösung innerhalb weniger Tage, und sie nehmen das in gewisser Weise auch wahr. Allerdings wissen die Wenigsten mit den Eindrücken und Erlebnissen, die sich ihnen währenddessen offenbaren, etwas Sinnvolles anzufangen, und versinken in Bewusstlosigkeit.

Anders stellt es sich für Menschen dar, die die Zeit ihrer Erdenwanderung genutzt haben, um Aufgaben und Herausforderungen zu suchen und zu finden, die über die Verrichtungen des alltäglichen Lebens hinausgehen. Bei solchen Erdenbürgern vollzieht sich dieser Prozess der Auflösung über einen deutlich längeren Zeitraum, bis sie sich anschließend in Bereiche begeben, die jenseits von Raum und Zeit weben.

Dieser verlängerte Prozess kann sich über Wochen oder sogar Monate hinziehen. In dieser Zeit beginnt bereits eine intensivere Arbeit an den Schicksalsfragen und -herausforderungen, die sich während ihrer letzten Erdenwanderung ergeben haben. Und dadurch entwickeln sich auch Kräfte, die es solchen Seelen ermöglichen, in die Regionen jenseits von Zeit und Raum einzutauchen, ohne das Bewusstsein zu verlieren.

Von kürzeren und längeren Pausen unterbrochen schreibt Kalle die ganze Nacht hindurch. Es ist ja nicht nur der Brief an Gülcan. Auch an Chantal, Maja, Elena und Martin schreibt er ausführlich. Auch die liebe Putzfrau, die sich einige Jahre aufopferungsvoll um Marlene und ihn gekümmert hat, soll einen Gruß erhalten. Ohne ihre Hilfe wäre die Zeit der Pflege von Marlene, als sie immer schwächer wurde, für Kalle kaum zu schaffen gewesen.

Kalle spürt, wie der Stift beginnt, ihm zu entgleiten. Es gibt auch nichts wirklich Wichtiges mehr mitzuteilen.

Es ist getan.

Leichter Schwindel. Seufzen. Letzte Atemzüge. Es fühlt sich anders an, als die selbstbestimmten Loslösungen. Das Schiff wirft die Leinen los, verlässt den Hafen und sticht in die weite See, in die morgendliche, aufgehende Sonne.

Aufregung, Rennen, Schieben.

Wozu das alles noch?

Es ist getan!

Leichter Rosenduft umweht Karl-Heinz. Eine sanfte Hand kühlend auf der Stirn.

SO VIEL WÄRME
SO VIEL LICHT
DANK

KAPITEL 11

Elena

Gülcan sitzt, nachdem alle anderen gegangen sind, ganz allein im Aufbahrungszimmer bei dem Leichnam, der in überirdischer Ruhe und Schönheit daliegt, wie aus sich heraus von innen leuchtend. Der Brief, den Karl-Heinz an sie geschrieben hat, ruht auf ihrem Schoß. Sie hat ihn immer wieder und wieder gelesen und durchdacht.

Eine schönere Möglichkeit, dem Wesen des Mannes nahe zu sein, den lieben zu lernen sie nur so kurze Zeit Gelegenheit hatte, kann sie sich nicht vorstellen. Die Ruhe und den Frieden, die Weite des Horizontes, die Tiefe der Einsichten, die sich ihrer dürstenden Seele jetzt in Ansätzen eröffnen, hat sie in ihrem bisherigen Lebensgang nicht erahnen können. Noch nie im Leben hat sie sich so beschenkt, so geborgen und beschützt gefühlt. Die Tränen sind versiegt, das müde Haupt sinkt sachte gegen die Wand. Die Blätter des Briefes gleiten zu Boden. Gülcan fällt in einen tiefen und traumlosen Schlaf.

Sie schreckt auf als die Zimmertür sich öffnet, und der Bestattungsunternehmer zusammen mit zwei Mitarbeitern den Raum betritt. Der Mann entschuldigt sich in aller Form für die ungehörige Störung und bietet an, zu einer späteren Zeit wiederzukommen, um seine Pflicht zu erfüllen. Er hat den Auftrag, den Leichnam vorzubereiten für die Einsargung, die Trauerfeier und die Einäscherung. Gülcan sammelt eilig die losen Blätter des Briefes auf, entschuldigt sich bei den Männern, und eilt in ihre kleine Wohnung, die nicht weit entfernt liegt.

Es ist noch der ganz frühe Morgen, der seinen wunderbar besonderen Zauber hat, weil die Stadt noch nicht erwacht ist. Nur vereinzelte Autos gleiten vorbei, einige Passanten streben ihren Tätigkeiten zu. Die Vögel bejubeln die Sonne, die noch unter dem Horizont verharrt. Gülcan kann diese gesegnete Stimmung in vollen Zügen einatmen und entschließt sich, einen längeren Spaziergang zu machen. Das Schlafbedürfnis ist verflogen, sie hat neben der irdischen Hülle von Karl-Heinz so tief und intensiv geschlafen, wie wohl noch nie im Leben. Sie fühlt sich so ausgeruht und so voller Kraft und Tatendrang, wie sie es schon lange nicht mehr erlebt hat.

Die Trauerfeier findet in würdigem Rahmen in einer kleineren Kapelle statt, die bis auf den letzten Platz gefüllt ist. Gülcan ist überrascht von der Anzahl der Besucher. Es nimmt nicht nur die Familie teil, sondern vorwiegend Nachbarn, Freunde, Kollegen und auch entferntere Bekannte sind dabei.

Gülcan nimmt das erste Mal in ihrem Leben an einem christlichen Gottesdienst teil, und ist angenehm berührt von der freien und freilassenden Stimmung. Sie will sich keinesfalls ein Urteil erlauben über die Unterschiede zwischen den christlichen und den muslimischen religiösen Gebräuchen. Ihr ist auch bekannt, dass es in den unterschiedlichen Glaubensrichtungen der christlichen ebenso wie der muslimischen Kultur verschiedene Auslegungen der Heiligen Schriften gibt. Das alles fällt für sie aber jetzt nicht ins Gewicht. Sie fühlt sich einfach getragen und angenommen.

Nach der Trauerfeier wird der Sarg zur Einäscherung gebracht, an der die Familie teilnimmt. Gülcan wird wie selbstverständlich dazu geladen. Die jüngste Tochter von Karl-Heinz, Elena, hat sich schon in der Kapelle neben sie gesetzt und macht deutlich, dass sie Gülcan im Zuge der vielen fremden und neuen Eindrücke nach Kräften begleiten und unterstützen wird.

Es war von den Familienmitgliedern im Zuge der eiligen Vorbereitungen des Treffens besprochen worden, ob der unerlässliche Leichenschmaus in einem der nahegelegenen Restaurants, oder mit Unterstützung einer Catering-Firma doch lieber in dem alten Familienanwesen begangen werden sollte. Da der neue Eigentümer sich spontan bereiterklärt hatte, die Räumlichkeiten gerne für ein solches Vorhaben zur Verfügung zu stellen, nahm man das Angebot dankend an und die komplette Truppe nimmt ein letztes Mal von dem Anwesen Besitz, in dem sie so viele Jahre gut und glücklich gelebt hatten.

Das Haus ist bis auf diverse Handwerkerutensilien komplett leer, da es vor dem Einzug des neuen Eigentümers mit seiner Firma für die besonderen Ansprüche der neuen Nutzung erst hergerichtet werden muss.

Die Catering-Firma sorgt für die notwendigen Tische und die Bestuhlung. Dank des guten Wetters kann die Feierlichkeit im Garten und auf der großzügigen Veranda der Villa stattfinden. Es ist nicht nur der Familienkreis, sondern auch ein ganzer Schwung von lieben Mitmenschen aus der Nachbarschaft geladen. So hat der Caterer richtig gut zu tun.

Gülcan steht zunächst im Mittelpunkt des Interesses. Ganz besonders die Damen wollen dringend über alle Einzelheiten in Kenntnis gesetzt werden. Gülcan hat das natürlich schon kommen sehen, und bereits in der Kapelle versucht, ihre Gedanken zu ordnen und sich innerlich der Situation zu stellen, was ihr wahrlich nicht leichtfällt. Elena bleibt eisern an ihrer Seite und es gelingt ihr, alle unzulässigen Anfragen abzuwehren und den Wissensdurst zu kanalisieren.

Nach dem ausführlichen Essen beginnt die Gesellschaft zum gemütlichen Teil der Veranstaltung überzugehen. Sprich, die Korken knallen und die Gläser klirren. Gülcan, die schon immer eine heftige Abneigung gegen jede Art von Alkohol hatte, zieht sich in eines der Zimmer im Obergeschoss zurück, da sie sich müde und ausgelaugt fühlt. Sie hat einen der Klappstühle mitgenommen, stellt ihn in eine Ecke, setzt sich, schließt die Augen und döst vor sich hin. Von draußen tönt unüberhörbar, aber nicht weiter störend, die gesellschaftliche Geräuschkulisse.

Gülcan bemerkt ein sachtes Geräusch neben sich. Elena hat sich ebenfalls einen Klappstuhl geschnappt, nach Gülcan gesucht, sie gefunden und neben ihr leise Platz genommen. „Ich hoffe, dass ich nicht störe."

„Nein, auf keinen Fall. Ich freue mich." Die beiden jungen Frauen sitzen still und lauschen aufeinander.

„Hast du meinen Vater eigentlich geliebt?" So ist Elena. Wie ihr Vater kommt sie gerne schnell und ohne große Umschweife zum Thema. Gülcan blickt Elena an. Die Augen schwimmen ein wenig. Sie blickt wieder geradeaus.

„Meine Liebe zu ihm ist so stark, wie ich es nie für möglich gehalten hätte. Ich liebe ihn mehr als meine Mutter, mehr als meine große Schwester, fast mehr als mich selbst. Ich wusste nicht, dass es so etwas gibt. Ich kann auch nicht erklären, wie es dazu kommt. Es ist einfach so."

Elena kann ein leises Zittern nicht unterdrücken. Mit einer solchen Intensität und solch einer Gewissheit hätte sie nie gerechnet. Sie ist sich nicht sicher, ob sie zu dieser Gefühlskraft und dieser Klarheit fähig wäre. Gülcan bemerkt die Gefühlsaufwallung bei Elena, rückt nahe an sie heran und nimmt sie behutsam in die Arme. Mit einer Hand massiert sie ihren Nacken. Elena beruhigt sich langsam.

„Ich kann es nicht glauben, aber einen Menschen wie dich habe ich noch nicht kennengelernt. Vielleicht meine Mutter. Das war auch so eine besondere Frau." Elena richtet sich wieder auf. Sie schaut Gülcan mit großen Augen an.

„Schon als ich dich zum ersten Mal gesehen habe, vorhin in der Kapelle, wusste ich, dass du ein guter Mensch bist. Wie glücklich muss Papa zum Schluss gewesen sein. Ich glaube, dass er in Frieden gegangen ist.

Vorhin, als wir in der Kapelle nebeneinandersaßen, habe ich seine Nähe gespürt. Ist es dir auch so gegangen?"

„Ich fühle seine Anwesenheit die ganze Zeit. Ich glaube, es ist keine Einbildung. Er hat mir übrigens geschrieben. Du und deine Geschwister, habt ihr auch Briefe von ihm bekommen?"

„Ja, genau. Ich habe ihn auch schon gelesen. Sogar mehrmals. Ich kann aber nicht sagen, ob ich alles verstanden habe. Er berichtet da von Dingen, über die früher nie gesprochen wurde.

In den letzten Jahren habe ich meine Eltern leider sehr wenig gesehen, weil ich so viel in Afrika zu tun habe. Zuletzt dann tatsächlich bei der Beerdigung von Mutti. Das ist ganz witzig: Unsere Eltern haben wir verschieden angesprochen. Der Vater war Papa, die Mutter war Mutti, so wie die Mütter früher von ihren Kindern genannt wurden. Komisch, Mutti war das aus irgendeinem Grund wichtig. Wir fanden das auch ganz normal, und haben uns darüber nie Gedanken gemacht. Ich jedenfalls nicht.

Mir ist dann bei der Gelegenheit der Beerdigung von Mutti aufgefallen, dass Papa sich stark verändert hatte.

Er war so viel lockerer geworden, so viel freier. Ich habe auch gespürt, dass die Liebe zwischen meinen Eltern bis zum Schluss immer gewachsen ist. Sie wurde immer größer, immer stärker und immer reifer."

„Es ist so schön, dass wir dieses Gespräch gerade jetzt führen dürfen. Es ist mir schon des Öfteren der Gedanke oder besser das Gefühl gekommen, dass die Verstorbenen gar nicht fort oder erloschen sind. Als ich jetzt die Totenwache bei deinem Vater halten durfte, war er mir viel lebendiger, als in der doch leider kurzen Zeit, die ich mit ihm gemeinsam verbracht habe. Deswegen ist der Schmerz auch viel kleiner als die Freude. Der Schmerz vergeht, die Freude bleibt."

„Hör mal Gülcan, hast du nicht Lust, mich nach Afrika zu begleiten? Du könntest dir in Ruhe ansehen, was wir dort alles unternehmen, und dann nach einiger Zeit entscheiden, ob dort eine Aufgabe auf dich wartet. Wenn es dir nicht gefällt und du nichts findest was dir zusagt, kannst du jederzeit zurückfliegen nachhause."

„Das klingt richtig spannend. Vielleicht treffe ich dort auch einen großen alten Schamanen, von dem dein Vater in seinem Brief an mich schreibt. Sein Name soll Frank Mwangodo sein. Diesen Schamanen hat er bei seiner Reise nach Tansania getroffen."

„Genau, dieser Frank Mwangodo ist bei uns sogar sehr berühmt. Er ist ständig unterwegs, taucht überall auf, wo es Streit oder Schwierigkeiten gibt. In Afrika gibt es ja leider ziemlich oft Streit zwischen den Stämmen, zwischen den Dörfern, zwischen den Clans. Das ist meistens sehr unübersichtlich für uns und manchmal auch gefährlich.

Aber so im direkten Gespräch und in der Zusammenarbeit sind die Afrikaner meistens zugänglich und hilfsbereit. Ich hatte auf jeden Fall noch keine grundsätzlichen Schwierigkeiten.

Manchmal hat man als Frau, und besonders als weiße Frau, dann doch gewisse Probleme. Die haben sich für mich aber deutlich gebessert, nachdem sich herumgesprochen hat, dass ich sehr gut in Karate bin, und einige der übergriffigen Herren seit ihrem Klinikaufenthalt nur noch aus der Schnabeltasse trinken."

Gülcan muss kichern. „Na, das klingt ja nicht gerade sehr verlockend. Muss ich dann auch noch Karate lernen?"

Elena kichert ebenfalls. „Schaden kann das nie. Auch hier in Deutschland kann dir etwas zustoßen, wenn du zum falschen Zeitpunkt am falschen Ort bist. Das ist überall so. Und überall kannst du sicher und unbeschwert leben, wenn du die Gegend und die Leute kennst und du die Regeln beachtest.

Also, die Grundbegriffe sind schnell gelernt. Und wenn du mit mir ein oder zwei Stunden täglich trainierst, bist du spätestens in vier Wochen fit wie ein Turnschuh.

Die Herren in unserer Organisation sind allerdings gebildet und zivilisiert. Die verachten die Vergewaltiger mindestens so wie wir und greifen hart durch, wenn etwas in die falsche Richtung läuft. Es gibt nämlich bei diesen Leuten einen Ehrenkodex. Wer den bricht, kann sich richtig warm anziehen. Auch im Sommer."

„Bleibt noch die Frage, was ich dort genau für eine Aufgabe finden könnte."

„Verzeih, das ist für mich so sonnenklar und naheliegend, dass ich nicht auf die Idee gekommen bin, etwas dazu zu sagen. Deine Qualifikation kann man bei uns in Afrika mit der Lupe suchen. Du kannst dir vermutlich nicht vorstellen, wie schlecht bei uns das Gesundheitssystem ausgestattet ist. Wir haben durchaus einheimische Ärzte, und aus der Entwicklungshilfe wird uns auch einiges an Personal zugewiesen. Die verschwinden aber dann auch wieder. Kehren zurück in ihre Heimat in Europa oder USA oder sonst wohin.

Deine Qualifikation als Krankenschwester wird bei uns händeringend gesucht. Wir bauen gerade ein neues Krankenhaus und suchen Personal. Einige Kräfte haben wir schon, aber gerade im Pflegebereich fehlen qualifizierte Mitarbeiter. Du könntest ganz prima die Pflegedienstleitung organisieren."

Gülcan muss tief durchatmen. „Es wäre bestimmt gut, wenn ich eine Nacht darüber schlafen könnte. Ich sage nie ganz spontan Ja. Das liegt mir nicht. Aber deine Schilderung und dein Angebot klingen so gut, dass ich eigentlich jetzt schon weiß, wie meine Antwort morgen lauten wird. Im Moment sind es neunzig Prozent, morgen früh werden es einhundert Prozent sein. Warten wir es ab. Apropos Schlafen, ich bin hundemüde."

Elena streckt sich und macht ein Geräusch, das wie eine Mischung aus Gähnen und Urschrei klingt. „Mir geht es genauso. Lass uns morgen weitersprechen. Im Hotel wartet ein frisch bezogenes Bett auf mich. Eine in jeder Beziehung gute Vorstellung."

„Warte mal, Elena. Ich habe zwar nur eine kleine Wohnung. Schlafzimmer und Wohn-Klo mit Kochnische. Aber im Wohnzimmer steht eine schöne Klappcouch, die auf dich wartet."

„Aber hallo, Gülcan. Wohn-Klo! So ein raues Wort aus deinem Engelsmund?"

„Elena, wenn du mich noch ein einziges Mal auf mein Äußeres ansprichst, dann rede ich mindestens zwei bis drei Sekunden nicht mehr mit dir. Ich kann es nicht mehr hören: Hallo, die schöne Gülcan. Wie schön. Wie ansehnlich. Wie sexy. Es hängt mir meilenweit zum Hals heraus. Als ob es keine anderen Werte gibt an einer Frau!

Von einem klugen Menschen habe ich mal die Äußerung gehört, dass eine schöne Frau unsichtbar sei. Spontan ein seltsamer Spruch. Was gibt es denn Sichtbareres als Schönheit? Ich habe aber darüber nachgedacht und sehe es inzwischen genauso: Die äußere Erscheinung kann blendend auf die Umgebung wirken und lässt die inneren Werte in den Hintergrund treten. Sogar der schöne Mensch selbst kann sich blenden lassen von seiner eigenen Schönheit.

Viel wichtiger sind aber die inneren Werte. Und die wahrzunehmen ist nicht so leicht, wie die Betrachtung des Äußeren.

Wenn es gutgeht, dann stimmen äußere und innere Schönheit überein. Aber das ist nicht immer so. Wenn ich einem schönen Menschen begegne, bin ich noch lange nicht sicher, ob er auch ein guter Mensch ist.

Und dann erhebt sich noch die schwierige Frage, was wir unter Schönheit überhaupt verstehen wollen. Diese Modepüppchen, diese Models, diese Figuren auf und in den Modeblättchen, sind die schön? Also, für mich nicht unbedingt."

„Donnerwetter, Gülcan, das war ja Philosophie in Reinkultur! Aber ich glaube, dass ich dir in allem Recht geben kann. Jetzt lass uns aber bitte abschließen. Unten ist es auch schon viel ruhiger geworden. Ich glaube, übrig sind nur noch die ganz Harten. Steht denn dein Angebot mit dem Wohn-Klo?"

Gülcan ist durch Übermüdung, die Überflutung mit verschiedensten Eindrücken in den letzten Stunden und nicht zuletzt das Gespräch mit Elena so überreizt und angespannt, dass sie sich zunächst in einem Lachanfall entladen muss. Es dauert einen Moment, bis sie sich wieder beruhigt hat.

„Elena, bitte verzeih. Du warst mit meinem Ausbruch nicht gemeint. Ich stehe gerade etwas neben mir. Lass uns einfach losgehen, und wenn du meine Einladung nicht annimmst, bin ich stinksauer."

In Gülcans Wohnung angekommen, bereiten die jungen Frauen die Couch für die Nacht vor, Elena werden zwei Handtücher und Waschzeug in die Hand gedrückt, die beiden umarmen sich.

Gülcan fühlt sich recht taumelig. Die Umarmung jagt ihr eine heiße Welle unerklärlicher Erregung durch den Körper. Es fühlt sich an, wie damals mit Franzi nach ihrem tiefen Gespräch. Nur ist es jetzt viel heftiger. Das kann nur an der Übermüdung liegen.

Die Frauen lösen sich voneinander. Elena schaut Gülcan mit riesengroßen Augen an. „Gülcan, ich konnte deine Gedanken lesen. Ich habe uns beide sogar von oben gesehen. Ich habe über uns geschwebt. Und ich habe dich auch schweben gesehen. Was war das?"

Gülcan ist wieder zu sich gekommen. Die Erregung klingt ab. „Nun ja, sowas kann vorkommen. Unsere Seelen haben sich vereint. In den letzten Stunden ist so viel geschehen, was uns einander nahegebracht hat. Wir sind Schwestern."

„Ja, das glaube ich auch. Was für ein schöner Gedanke. Den nehme ich mit in den Schlaf."

Elena und Gülcan lehnen aneinander. „Und jetzt eine gute Nacht."

Mitten in der Nacht wird Gülcan kurz geweckt, als Elena zu ihr unter die Decke schlüpft. Wie gut. Gülcan schläft sofort weiter.

Des Morgens erwacht Gülcan mit einem angenehmen Gefühl der Entspannung und Erfrischung. Neben sich die leicht vor sich hin schnarchende Elena. Sie stellt zu ihrer Verwunderung fest, dass sie beide nackt sind. Es ist eigentlich nicht Gülcans Gewohnheit, sich ohne Schlafanzug ins Bett zu legen. Behutsam steigt sie über die weiterhin fest schlafende Elena, begibt sich ins Bad und denkt unter der Dusche nach, was in der letzten Nacht wohl passiert sein könnte. Sie hat keinerlei Erinnerung.

Gülcan kleidet sich an und beginnt, das Frühstück vorzubereiten. So langsam kehrt auch Elena aus seligen Traumgefilden zurück, dreht sich zu Gülcan und guckt etwas verschwiemelt. Sie hat wohl leichte Einordnungsschwierigkeiten. Das gibt sich aber schnell, sie springt auf und zischt an Gülcan vorbei Richtung Badezimmer. So eine volle Blase erleichtert die Orientierung ungemein.

Beim Frühstück sitzen beide etwas wortkarg. Sie sind zwar nicht verkatert, auch Elena hatte sich an dem Nachbeerdigungsbesäufnis nicht beteiligen wollen, aber beide gehören wohl eher dem Schlag der Eulen an als dem der Lerchen. Die Eule geht gerne spät ins Bett und steht ungerne frühmorgens auf. Die Lerche sucht lieber am früheren Abend die Ruhe und steht liebend gerne sehr früh auf.

Da sitzen also zwei Nachteulen und muffeln das Frühstück still und ergeben in sich hinein.

„Schmeckt es denn?", erkundigt Gülcan sich schließlich behutsam. Elena blickt auf und überlegt lange.

„Entschuldige bitte, ich bin noch ganz benommen. Selbst die kalte Dusche hat nicht viel genützt."

„Du hättest auch das Warmwasser einstellen können."

Elena guckt ziemlich belämmert. Sie überlegt, ob das jetzt ein Scherz war oder ernst gemeint. Sie entscheidet sich für Ersteres und fängt an zu kichern. Es hört sich allerdings eher an wie ein Schluckauf, der sich nicht stoppen lässt.

„Manchmal hilft es, eine Weile die Luft anzuhalten. Der Anfall beruhigt sich dann."

Gülcan ist bekannt und berüchtigt dafür, bei passender und auch unpassender Gelegenheit kleine Lebensweisheiten zum Besten zu geben. Bei Elena passt es im Moment nicht so gut. Vor Schreck verschluckt sie sich und bekommt einen Hustenanfall. Nachdem auch das heil überstanden ist, schauen die beiden sich an und sind richtig wach.

Elena wischt sich die Tränen aus den Augen. „Ich kann überhaupt nicht erinnern, was in der letzten Nacht gewesen ist."

„Ich auch nicht. Aber wir haben uns bestimmt gut vertragen. Es ist ja kein Doppelbett."

„Das ist mir allerdings auch aufgefallen. Das habe ich aber nicht gemeint. Du musst wissen, dass ich noch nie mit einer Frau geschlafen habe, obwohl ich schon reichlich Gelegenheit hatte. Und manchmal sogar Lust. Es ist aber nie dazu gekommen."

„Und wie war es diesmal mit der Lust?"

„Du musst wohl alles ganz genau wissen. Die war kosmisch. Ob wir es umgesetzt haben, erinnere ich allerdings nicht. Vielleicht haben wir auch nur ein wenig gekuschelt."

„So wird es wohl sein. Und jetzt beenden wir das Thema. Wir haben ja noch viel vor."

KAPITEL 12

Mike

Gülcan und Elena sitzen im Flieger nach Johannesburg. So eine lange Flugreise ist in der Regel nicht das reine Vergnügen und anstrengend. Sie bleiben die meiste Zeit ziemlich stumm, schlafen zwischendurch, nehmen den einen oder anderen Snack und denken darüber nach, was gewesen ist und was kommt. Gülcan wird natürlich hin und wieder angemacht, was an ihr abperlt, da sie nichts anderes von den spätpubertierenden Knäblein und Männchen gewöhnt ist.

Elena nervt es aber gewaltig und sie erkundigt sich dann jeweils maliziös, wie es denn mit einer kleinen Abreibung wäre. Sie sei gerade so richtig in Stimmung. Die meisten lassen sich dadurch auch tatsächlich beeindrucken und suchen murrend das Weite. Die wenigen Unbelehrbaren hingegen steuern nach ein oder zwei fruchtlosen mündlichen Verwarnungen eilenden Schrittes die nächstgelegene Toilette an, nachdem sie einen gezielten therapeutischen Tritt in das Gehänge in Empfang genommen haben, um die Bescherung ein wenig genauer in Augenschein zu nehmen.

Verwirrenderweise hagelt es keinerlei polizeiliche Anzeigen wegen leichter oder mittelschwerer Körperverletzung. Die gesegnete Tugend der Diskretion hat in gewissen gesellschaftlichen Kreisen eben immer noch einen angemessen hohen Stellenwert. Und über die eine oder andere Unpässlichkeit blickt der Gentleman alter Schule einfach generös hinweg. Männchen schweigt und genießt.

„Hast du dir die Knacker genauer angesehen, Gülcan? Das sind alles Prothesenträger und Viagra-Schlucker. Die armen Schweinchen müssen eine dermaßen miserable Lebensqualität haben, es bricht mir das Herz. Eigentlich müsste ich mal zum Kardiologen, so oft wie mir schon das Herz gebrochen ist." Allen unterhaltsamen und stimmungsvollen Unterbrechungen zum Trotz landen Gülcan und Elena pünktlich in Johannesburg und werden mit lautem Jubel und Gesängen von einer größeren Abordnung in Empfang genommen. Umarmungen, Hände schütteln, Jubel, Trubel, Heiterkeit. Elena ist wieder zuhause.

Gülcan wird gar nicht erst die Gelegenheit gegeben, zunächst etwas verschreckt und unsicher beiseite zu stehen, wie es ihr bei solchen Anlässen sonst liebe Gewohnheit ist. Sie steht sofort im Mittelpunkt des Geschehens und Interesses, und findet es in keiner Weise unangenehm oder unpassend. Es herrscht eine freie und familiäre Atmosphäre und es wird ihr das Gefühl vermittelt, schon lange zur Gemeinde zu gehören.

Man besteigt einen wartenden Bus und es geht in atemberaubendem Tempo über schwankende Brücken, an schwindelerregenden Abgründen vorbei, über holprige Feldwege und Schotterpisten bis zum Camp, dem Ziel der Fahrt. Gülcan kommt die Bustour allerdings länger vor als die gesamte vorhergehende Reise.

Glücklich angekommen zerstreut sich das Empfangskomitee und die beiden Frauen beziehen ihre Unterkunft. Dankenswerterweise sind sie erst einmal sich selbst überlassen. Besonders Gülcan sehnt sich nach etwas Ruhe, aber auch Elena ist geschafft und überreizt.

Sie verfügt über eine kleine Holzhütte, ziemlich genau im Zentrum des Camps gelegen, wo auch Gülcan untergebracht ist. Es ist beengt und bescheiden eingerichtet, aber immerhin doch mehr Platz als Gülcan und Franzi zur Verfügung gehabt hatten.

„Herzlich willkommen im Camp Johannesburg." Elena umarmt Gülcan. „Das war ja mal eine Reise. Als Bodyguard für eine Schönheitskönigin bin ich gar nicht so schlecht, oder? Auweia, über dein Äußeres sollte ich doch kein Wort mehr verlieren! Ist mir so rausgerutscht. Ich nehme alles zurück und behaupte das Gegenteil."

Gülcan muss herzlich lachen. „Also weißt du Elena, du hast bei mir schon so einen großen Haufen von Pluspunkten gesammelt. Da kannst du dir in der nächsten Zeit noch jede Menge andere Anzüglichkeiten leisten."

Die beiden Frauen räumen ihre wenigen Habseligkeiten ein und lassen sich auf die Lagerstätten fallen. Für Gülcan war schon alles vorbereitet worden.

„Und jetzt erst mal eine Mütze voll Schönheitsschlaf?"

„Einen Pluspunkt hast du jetzt gerade wieder verbraucht."

„Oh ja. Aber das war doch ganz anders gemeint. Ich hatte an meinen eigenen Schlaf gedacht."

„Okay, angenommen. Und wie nennst du meinen Schlaf?"

„Na, ganz konventionell Erholungsschlaf."

„So wollte ich dich hören. Also erholen und verschönern wir uns jetzt."

Mit Verschönerung und Erholung klappt es leider nur teilweise. Mangels Klimaanlage ist bei beiden und besonders für Gülcan der Schlaf unruhig und oft unterbrochen durch die unvermeidlichen Camp-Geräusche.

Wie schon gehabt sitzen Elena und Gülcan am nächsten Morgen recht mürrisch und verkatert am betont spartanisch gedeckten Frühstückstisch. Auf weiter Flur bemühen sich lediglich ein Schälchen Müsli und ein Kännchen Gemüsesaft mit wenig Erfolg, ein wenig heitere Frühstückslaune zu verbreiten.

„Ihr müsst hier ja nur so strotzen vor Gesundheit."

„Falls das eine Spitze sein soll, geht die voll daneben."
Am frühen Morgen, nach einer anstrengenden Reise und
einer durchschwitzten Nacht kann Elena noch so fleißig
in ihrem Humorbeutel kramen und versuchen, ihn auszu-
schütteln. Da findet sich nicht das kleinste Krümelchen.

„So eine gepflegte Frühstückskultur, wie in Deutschland, kennen wir hier in Südafrika nicht. Viele frühstücken überhaupt nicht. Die Hauptmalzeit ist abends, und
mittags gibt es auch nicht gerade viel, aber immerhin
mehr als am Morgen."

„Na gut. Ich wollte sowieso abnehmen." Gülcan lässt
sich schon lange keine mürrischen Antworten mehr gefallen und keilt gerne kräftig zurück. „Dass reichliche
Malzeiten am Abend total ungesund sind, sollte dir eigentlich bekannt sein. Die Verdauung muss in der Nacht
ebenso zur Ruhe kommen, wie der übrige Organismus.
Morgens wie ein Kaiser, mittags wie ein König, abends
wie ein Bettelmann."

„Deine Kalenderweisheiten kannst du dir in die Haare schmieren."

Das hat gesessen. Gülcan springt ruckartig auf, wobei der spartanisch gedeckte Frühstückstisch gefährlich ins Kippeln kommt. „Hör mal zu, du verklemmte
Karate-Pussi. Wenn du dich nicht benehmen kannst,
dann ist mein Gastspiel hier auf der Stelle beendet.
Ich kann nur hoffen, dass deine Kollegen:innen hier
in eurem Ballaballa-Camp aus einem anderen Holz ge-
schnitzt sind als du. Und jetzt sieh mal zu, dass du mit
deinem fetten Hintern in die Gänge kommst, und mir
eine angemessene Bleibe suchst. In deiner stinkigen,
stickigen Fischkiste werde ich auf keinen Fall nochmal
übernachten."

Gülcan ist regelrecht hingerissen von ihrer Eloquenz. Sie kann noch gut erinnern, wie sie sich früher bei jedem Pups ängstlich weggeduckt und Deckung gesucht hat.

Sie greift sich die halb geleerte Müslischale und schleudert sie mit Schwung gegen die Wand. Zum Glück ist das Teil aus Blech gefertigt, dadurch als Utensil bei Familien- und Ehekrächen als Wurfgeschoss hervorragend geeignet, wegen geringer Materialmasse mit nur unbedeutender Verletzungsgefahr behaftet und vor allem wiederverwendbar. Wenn die Wogen sich geglättet haben, kann die nächste Portion Müsli daraus gespachtelt werden, so als ob nichts gewesen wäre. Blech ist geduldig.

Elena sitzt total bleich, gleichsam wie vom Donner gerührt, am wieder zur Ruhe gekommenen Wackeltisch und hat das Gefühl, am liebsten meilenweit im Boden versinken zu wollen. Sie erlebt das nicht zum ersten Mal bei sich.

Wenn sie sich außerhalb ihres vertrauten Dunstkreises aufhält, ist sie selbstbeherrscht, lieb, nett, hilfsbereit, einfühlsam, taktvoll und umgänglich. Ganz anders hingegen wird sie von Freunden und Bekannten wahrgenommen, wenn diese sie in ihrem eigenen Revier erleben. Dann brechen all ihre unguten Eigenschaften an die Oberfläche durch. Sie ist dann wie verwandelt. Sie wird ungeduldig, aufbrausend, beleidigend, kurz angebunden und herrisch. Das kann Gülcan natürlich nicht wissen und sollte sie auch gar nicht wissen. Nun ist es aber leider mal wieder passiert, und sie muss versuchen, die verfahrene Situation zu reparieren.

„Hör mal Gülcan, es tut mir wahnsinnig leid. Ich kann auch nicht sagen, was mit mir bisweilen los ist. Manchmal bin ich einfach außer mir, selbst bei nichtigen Anlässen, so wie jetzt eben. Ich gerate dann völlig außer Kontrolle und neige dazu, alles um mich herum zu zerschlagen. Ich bin damit auch schon mehrmals beim Seelenklempner aufgelaufen. Der vermutet, dass ich so eine Art übersteigertes Revierverhalten habe, ausgelöst eventuell durch frühkindlichen Liebesentzug. Richtig weiterhelfen konnte oder wollte der mir aber auch nicht."

Gülcan hört sich das psychologisierende Gesülze zunehmend genervt an und trommelt mit den Fingern auf der Tischplatte. „Weist du Elena, das hört sich alles ganz toll an und bringt überhaupt nichts. Solange du nicht bereit bist, das Ruder selbst in die Hand zu nehmen, wird dein Schiff immer von der Brandung hin und her geworfen, sobald du den sicheren Hafen verlässt. Helfen kannst du dir nur selbst, und der ganze Psychoschmus hindert dich eher daran."

Und dann das Totschlag-Argument: „Ich bin sicher, dass dein Vater ähnlich gesprochen hätte."

Elena scheinen die Augen aus dem Kopf zu quellen. Wenn sie Speichel hätte, würde sie Schaum vor dem Mund haben. Der ist aber ausgetrocknet, wohl wegen des Gemüsesafts. Sie packt die Tischkante und beginnt, mit der Stirn auf die Tischplatte zu schlagen. Gülcan stürzt zu ihr und versucht, sie mit aller Gewalt vom Tisch wegzureißen, was ihr aber nicht gelingt.

Durch den Radau sind Anwohner aufmerksam geworden, kommen zur Hilfe und bändigen die Tobende. Langsam beruhigt Elena sich. Einer der Männer, ein großer und kräftiger Kerl, der sich als Mike vorstellt, versucht zu erklären:

„Leider hat Elena bisweilen solche Wutanfälle mit Selbstzerstörungstendenz. Unser Arzt vermutet ein autistisches Persönlichkeitssyndrom. Das ist im Moment natürlich nicht hilfreich. Wir müssen sie einfach in Ruhe lassen und abwarten, dass sie wieder zu sich kommt.

Sie hat leider nur eine verhältnismäßig niedrige Stresstoleranz. Wenn die über einen längeren Zeitraum überschritten wird, wird sie leicht von solchen Anfällen heimgesucht und entwickelt dabei auch noch Kräfte, die es fast unmöglich machen, sie zu bändigen. Manchmal habe ich ihr in der Not einfach mit dem Stock eine übergezogen. Das bringt sie eigenartigerweise sehr schnell zur Besinnung.

Aber jetzt ist sie ja still. Das ist leider kein guter erster Eindruck für Sie, liebe Gülcan. Es wird aber ganz in Frieden weitergehen, wenn Elena Ihre Anwesenheit erst einmal verstanden und akzeptiert hat."

„Und ich dachte schon, ich sei hier aus Versehen in einer Siedlung von Psychopathen gelandet. Da hätte ich aber Anpassungsschwierigkeiten."

Mike lacht. „Es ist gut, dass Sie Ihren Humor nicht so schnell verlieren. Wir lassen Sie jetzt allein mit der armen Elena. Sie wird wieder ganz lieb sein und keine weiteren Schwierigkeiten machen.

Im Übrigen sind Sie heute Abend zu unserem wöchentlichen Dorffest eingeladen, wo wir Sie auch der Belegschaft gebührend vorstellen werden."

Elena hockt in der hintersten Ecke ihrer kleinen Behausung.

„Gülcan?"

„Ja, Elena?"

„Hast du mich eigentlich noch lieb?"

Gülcan hat Mühe, einen klaren Kopf zu behalten. Sie fühlt sich total überfordert und fehl am Platze. Aber sie ist nun einmal hier. Und einer der Hinweise im Brief von Kalle lautete, dass sie vor weiteren Schritten auf unbekanntem Terrain zunächst immer die Umgebung erkunden und die Trittsicherheit des Bodens überprüfen soll. Das ginge aber am besten, wenn sie vorher zur Ruhe gekommen sei und ihre Gefühle sortiert habe. Also ihr Gefühle, lasst euch mal schön sortieren. Wie das am besten geht, hat der gute Kalle allerdings nicht geschrieben. Gülcan setzt sich einfach dicht neben Elena und nimmt sie in den Arm.

„Ich hätte dir beizeiten sagen sollen, dass ich Autistin bin."

‚Wuff, Elena weiß also über sich Bescheid.'

„Na klar, warum auch nicht?"

‚Hilfe, Gedanken lesen kann sie also auch noch.'

Elena hat ihre gute Laune zurück.

„Na klar kann ich das. Viele von uns können das. Aber manche können damit nicht umgehen und kapseln sich dann total von der Außenwelt ab. Bei mir ist das aber nicht so. Ich kann meistens aushalten, was so alles an schlimmen Dingen auf mich zukommt. Und als ich dich kennengelernt habe, war das für mich das Schönste, was ich jemals erlebt habe. Weil du so eine große und helle Seele hast."

„Das hat schon mal jemand zu mir gesagt."

„Ja, ich weiß. Das war Franzi. Und sie hatte Recht. Es gibt nur sehr wenige Menschen, die ich so nah an mich heranlasse wie dich. Normalerweise ist mir auch jede körperliche Berührung zuwider. Bei dir ist das ganz anders, und deshalb habe ich auch mit dir geschlafen."

„Tatsächlich, war das so? Eigentlich erinnere ich das immer noch nicht."

„Das macht doch nichts. Ich darf aber sagen, dass du es auch sehr genossen hast."

„Na, ich weiß nicht."

„Das ist nicht schlimm. Es passt eben noch nicht so recht in dein Weltbild. Das wird sich aber ändern. Du bist ja auch für Männer ganz offen, musst nur den Richtigen finden. Ich weiß, dass ich sehr besitzergreifend sein kann. Da muss ich mich bei dir eben sehr zurückhalten, und ich bin mir sicher, dann wird es gut werden zwischen uns."

Gülcan drückt Elena noch fester an sich. Durch diese so verletzliche, wunderbare und schöne junge Frau hat sie in der kurzen Zeit ihres Zusammenseins so viel mehr über sich gelernt, als in allen Zeiten, die sie erinnern kann.

Gülcan hat Autismus immer für eine Geisteskrankheit gehalten. Nichts ist offensichtlich falscher als das. Autistische Menschen bekommen von den Stimmungen ihrer Umgebung einfach viel mehr mit, als die sogenannten normalen Menschen. Und dass sie diese Reizüberflutung oft nicht richtig steuern, sortieren und filtern können, ist ja wahrlich nicht ihre Schuld. Eigentlich sind autistische Menschen die Normalen, und die Normalen sind so gesehen die Behinderten. Behindert, weil sie schlicht nicht richtig erfassen und einordnen, was in ihrer Umgebung abläuft.

Elena schaut Gülcan gespannt an. „Hast du mich denn noch lieb?"

„Ja, Elena, ja und immer wieder ja. Du musst mir verzeihen, ich war blind und taub. Ich hoffe, dass ich jetzt ein wenig besser sehen und hören kann. Du musst mir einfach dabei helfen, wenn ich mich zu dumm anstelle."

„Da bin ich aber froh, und helfen werden wir uns immer gegenseitig. Und jetzt schauen wir, was draußen so alles abgeht. Überhaupt muss ich dir erst mal das ganze Lager zeigen. Da gibt es viele und interessante Ecken."

Gülcan erhebt sich und Hand in Hand wandern sie los. Das Lager, oder Camp, ist eigentlich eine kleine Stadt oder ein großes Dorf. Sie starten von Elenas Hütte, die sich ziemlich zentral im Lager befindet, und wandern dann spiralförmig durch die Anlage.

Ganz in der Nähe befindet sich die große Krankenstation, die aus mehreren Hütten und Zelten besteht. Dort herrscht ein reges Treiben, aber keine Unruhe und Hektik, wie es Gülcan auf ihrer Arbeit nicht selten erlebt. Mitten zwischen den Hütten und Zelten der Station befindet sich eine große Freifläche, auf der bereits eifrig gebaut wird.

„Unser ganzer Stolz", bemerkt Elena. „Hier entsteht dein neues Arbeitsfeld, wenn du magst, unsere neue, schöne, moderne Klinik. Wir haben endlich einen Sponsor gefunden, der sie uns fast komplett finanziert."

Die Bauarbeiten sind schon recht weit fortgeschritten. Die Außen- und Innenwände stehen bereits. Alles ist natürlich in Leichtbauweise ausgeführt. Das Dach fehlt noch. Man kann aber schon sehr gut den Grundriss erkennen. Gülcan und Elena können ganz ungezwungen den Rohbau durchwandern. Sie stören keinen der zahlreichen Handwerker. Im Gegenteil, die Arbeiter sind einem kleinen Zwischendurch-Plausch nicht abgeneigt. Elena muss eifrig übersetzen, denn Gülcan spricht Englisch nur sehr gebrochen und die Sprache der Einheimischen natürlich gar nicht. Beides kann Elena fließend.

Zwischendurch treffen sie auch Mike und seine Kollegen, die ebenfalls fleißig am Bau mitarbeiten. Das scheint zurzeit das wichtigste Projekt zu sein.

Mike freut sich, dass es Elena wieder gut geht. Gülcan fällt auf, dass die beiden ein innigeres Verhältnis zu haben scheinen, als unter normalen Kollegen üblich ist.

Es irritiert sie, dass ihr diese Erkenntnis einen kleinen Stich versetzt.

Sie ist von den schieren Abmessungen des Objekts höchst beeindruckt. Es soll das ewige Provisorium des bisherigen Zustandes einfach ablösen, das durch seine ständige räumliche Zunahme wegen der immer wieder notwendigen Vergrößerungen stetig unübersichtlicher und damit arbeitsintensiver wurde. Es zeichnete sich ab, dass der Zustand ständigen Weiterwachsens zu einer Art Selbsterstickung geführt hätte.

Die Kosten stiegen ständig, die Effizienz wurde dadurch aber nicht besser, sondern in Teilbereichen sogar schlechter. Elena merkt schmunzelnd an, dass auch in Afrika irgendwann eine Schmerzgrenze erreicht sei.

Nun, die anderen Bereiche des Lagers sind nicht so interessant. Es handelt sich zum Teil um technische Versorgung, zum Beispiel erzeugt das Lager seine Energie selbst, zum Teil sogar regenerativ. Einzelheiten sind Gülcan aber zu technisch, selbst wenn es sich um eine einfache Photovoltaik-Anlage handelt, die zweite wichtige Neuerung, auf die alle Beteiligten sehr stolz sind.

Des Weiteren gibt es natürlich alles, was zu einem anständigen Kleinstadtleben dazugehört. Wohnungen für die Mitarbeiter, Einkaufsläden, Lagerräume, sogar ein Kino, Andachtsräume, Kindergärten, Schulen. Alles oft sehr provisorisch, aber praktikabel. Die Menschen machen einen zufriedenen Eindruck.

Angeregt und erfüllt kehren die beiden Frauen in Elenas Hütte zurück. Gülcan muss sich erst einmal ausruhen, nachher steht ja noch das Dorffest an, bei welcher Gelegenheit sie vorgestellt werden soll.

Gülcan muss es jetzt doch wissen. „Sag mal Elena, habt ihr beide was zusammen, Mike und du?"

„Ja, schon. Aber nicht unbedingt so, wie du vielleicht denkst. Es ist komplizierter. Mike ist ja der jüngste Sohn vom Frank Mwangodo, über den wir schon gesprochen haben, und der bald zu Besuch kommen wird. Frank hat vier weitere Söhne, die alle über Afrika verstreut sind und ähnliche Projekte betreuen wie dieses. Unseres ist allerdings das größte.

Frank reist ständig, wie ich schon erwähnt habe, in der Gegend rum und betreut viele weitere Projekte, oft viel kleinere. Er kümmert sich um Streitigkeiten als Friedensrichter, berät Politiker, Stammes- und Regionalfürsten, führt Schulungen durch, wie kürzlich in Tansania, wo Papa ihn getroffen hat, und macht noch Vieles mehr. Und das in seinem hohen Alter. Keiner weiß, wie alt er wirklich ist, er ist aber sehr alt.

Nun ja, du fragtest nach Mike. Du musst wissen, dass Frank hier bei uns als Schamane bezeichnet wird. Er hat das Dritte Auge, kann also Dinge sehen, die wir nicht sehen. Diese Gabe hatte zuletzt auch Papa, und hat es wohl so ein bisschen an mich vererbt. Obwohl diese Begabungen nicht vererbbar sind, hat er mir erzählt. Aber auf diese Art erklären sich meine rätselhaften Einblicke, die von den Leuten, die keine Ahnung haben, als Autismus bezeichnet werden. Dazu muss ich anfügen, dass kein Autist ist, wie der andere. Alle sind zum Teil sogar sehr verschieden. Eben genau so, wie jeder Mensch sein eigenes Universum ist und seinen ganz eigenen Charakter hat und sein ganz persönliches Schicksal.

Mike hat, teils durch Vererbung, aber besonders durch Selbstschulung und sehr harte Arbeit, ebenfalls das Dritte Auge und sieht fast so viel, wie sein Vater. Auf dieser Ebene sind wir uns sehr nahegekommen. Aber niemals körperlich. Das schließt sich gegenseitig aus. Ich schlafe, wie du inzwischen weißt, viel lieber mit Frauen als mit Männern. Mike hat mich durch viele Krisen begleitet und mir das Leben ermöglicht, das ich hier und jetzt führen darf."

Gülcan sitzt ganz still und muss das alles erst mal gründlich sacken lassen. Elena setzt sich kurz neben sie, streicht ihr über das Haar, küsst sie sanft und erhebt sich wieder. „Ich lasse dich mal ein Weilchen allein. Nachher gehen wir noch, wenn du Lust hast, zum Dorffest. Das wird ganz nett und locker, und die Begrüßung für dich wird ganz entspannt und herzlich. Tut überhaupt nicht weh."

Das Fest findet, zum Teil ziemlich zerstreut, zwischen den vielen Zelten und Hütten statt, die jeweils recht viel Platz haben. Die Zelte und Hütten haben große Grundstücke, die als solche allerdings nicht zu erkennen sind, denn es gibt angenehmerweise keinerlei Abzäunungen oder sonstige Abgrenzungen. Die Grundstücke sind in der Regel sehr gepflegt. Meistens sind es Nutzgärten. Es wird Gemüse angebaut, Kartoffeln, Getreide, wie zum Beispiel Mais und Hirse, und alles Erdenkliche, was in diesen Breiten wächst. Und das ist fast alles. Es gibt jede Menge Obstbäume, Nutzholz, Sträucher, Wiesen und Wege.

Auf einer Art Zentralplatz ist eine Tribüne aufgebaut mit Mikrofon und einigen Stühlen. Die Teilnehmer versammeln sich langsam. Eine Teilnahmepflicht gibt es nicht, daher ist die Zahl der Menschen, die eher angekleckert kommen als angeströmt, überschaubar. Die Kunde von der Anreise einer Schönheitskönigin aus Europa haut hier auch keinen vom Hocker, also bleibt die Zahl der Leute um die Bühne herum vergleichsweise klein.

Mike hat sich bereits niedergelassen und plaudert angeregt mit Schaulustigen und Beisitzern. Man kann auch sagen Honoratioren. Aber irgendein Amt hat hier fast jeder, also wer da oben sitzt, ist ziemlich bedeutungslos.

Als es langsam losgehen soll, sozusagen mit afrikanischer Gemütlichkeit, werden Elena und Gülcan freundlich gebeten, zwei freigelassenen Stühlen auf der Empore zu besetzen.

Gülcan ist ziemlich nervös, bemerkt aber zu ihrer Überraschung, dass die Unruhe von ihr abfällt, als sie neben Mike und Elena auf dem letzten freien Stuhl Platz nimmt, und in viele neugierige und freundliche Gesichter blickt, die zu ihnen heraufschauen.

Mike tritt ans Mikro und begrüßt routiniert und locker die Versammlung. Dann bittet er Gülcan nach vorne, und stellt sie der versammelten Belegschaft vor. Er erzählt ein wenig über ihren Werdegang und drückt seine Hoffnung aus, dass es vielleicht gelingen werde, sie als Mitarbeiterin für die neue Klinik zu gewinnen. Das war es auch schon.

Gülcan verneigt sich leicht, ergreift dann doch noch das Mikrofon, erklärt mit kurzen Worten, wie gut es ihr hier gefällt, und bedankt sich für die liebvolle Aufnahme. Mike übersetzt. Freundlicher Applaus, und Gülcan hat ihre Feuertaufe bestanden. Sie ist jetzt Mitglied der Gemeinde. Das Dorffest ist eröffnet.

Elena und Gülcan wandern herum und naschen hier und da von den kulinarischen Köstlichkeiten, die extra für das Fest von den vielen Familien angefertigt worden sind. Gülcan probiert viele Kostproben von regionalen Spezialitäten, von denen sie nicht gedacht hätte, dass sie ihr so gut munden könnten, auch wenn es meistens ziemlich fremd aussieht und schmeckt. Zwischendurch überlegt sie, dass es vielleicht ganz hilfreich ist im Einzelfall nicht zu wissen, woraus die Dinge gemacht sind. Das kann einem bei der deutschen Küche aber auch ganz leicht passieren.

Es gibt unterwegs viele Begrüßungen und Umarmungen. Elena übersetzt munter. Sie kennt hier praktisch jeden Bewohner und Mitarbeiter. Und die Leute sind größtenteils interessiert und gespannt, von der neuen wichtigen Kollegin Näheres zu erfahren.

So ein Schaulaufen ist auf die Dauer doch anstrengend, auch wenn alles überaus nett und herzlich abläuft. Gülcan ist also heilfroh, als sie endlich wieder an Elenas Hütte anlangen und sich draußen noch ein wenig setzen, um die erfrischende Abendkühle zu genießen.

Gülcan hat während des ganzen Nachmittages und am Abend hin und her überlegt, die Gedanken gewälzt, jedes Für und Wider abgewogen. Sie ist in eine Situation hineingeraten, die sie nie für möglich gehalten hätte, die sie nie angestrebt hat und die ihr sehr gewöhnungsbedürftig und sogar fremd vorkommt. Ihr ist klar, dass sie alle familiären und gesellschaftlichen Vorurteile, die ihr im Lauf ihres Lebens eingehämmert worden sind, energisch über Bord werfen muss, um eine Zäsur in ihren Lebensgang zu setzen, über deren Konsequenzen sie sich nicht im Klaren sein kann. Es ist ihr altes Problem: Kopf gegen Herz.

„Elena?"

„Ja Gülcan?"

Elenas Reaktion erfolgt so schnell und spontan, dass bei Gülcan glatt der Eindruck entsteht, Elena würde nur darauf lauern, von ihr angesprochen zu werden. Und zwar nicht auf ein beliebiges Thema, sondern auf ein ganz bestimmtes.

„Elena, würdest du mich heiraten?"

Elena springt auf, kniet sich neben Gülcan, umarmt sie und presst ihr Gesicht an ihre Brust. „Ja, Gülcan, ja und ja und hundertmal ja!"

Gülcan hat mit einer so heftigen Reaktion gerechnet, ist aber dennoch bis ins Mark erschüttert. Die beiden Frauen liegen sich in den Armen und können die Tränen nicht länger zurückhalten.

„Gülcan, ich habe so auf deinen Antrag gehofft und ich weiß, dass ich bei dir meinen Frieden finden werde. Wir haben so einen langen und wunderbaren gemeinsamen Weg vor uns, und ich kann es fast noch nicht glauben, dass wahr werden soll, was ich mir so gewünscht habe.

Weißt du, morgen wird Frank hier im Lager zurückerwartet. Mit ihm werden wir sprechen. Er muss dich ja sowieso erst kennenlernen. Durch Papa kennt er dich ja schon in gewisser Weise, aber irgendwie doch nur aus der Ferne. Morgen sitzen wir dann mit ihm zusammen und können besprechen, ob und wie er die Trauung leiten möchte. Ich bin sicher und weiß es, dass alles gut werden wird."

Gülcan wird ganz weich in den Knien. Auch Elena fühlt sich recht wackelig. Sie gehen also in die Hütte und legen sich hin, um die Anspannungen der letzten Stunden ausklingen zu lassen. Und die neue Richtung, die ihr Leben jetzt nehmen wird, zu bedenken und zu besprechen. Die Stunden verfließen und die Frauen schlafen eng umschlungen ein.

Im Lager gibt es natürlich auch jede Menge Hähne, und die melden sich meistens zu besonders für Nachtschwärmer und Langschläfer unpassend früher Stunde. Trotzdem fühlen Gülcan und Elena sich erfrischt und ausgeruht, und sie machen sich nach einem inzwischen etwas reichhaltigeren und abwechslungsreicheren Frühstück geruhsam und entspannt an ihre Arbeit. Elena kann es, so frisch verliebt, nicht lassen, Gülcan zwischendurch immer wieder zu streicheln und zu drücken.

Der Neubau der Klinik hat oberste Priorität im Lager. Daher stellt Gülcan sich an Elenas Seite und lässt sich in die verschiedenen Tätigkeiten einweisen, die Elena auf der Baustelle zu verrichten hat. Da beide keine ausgewiesenen Handwerker sind, fällt ihnen insbesondere die Aufgabe zu, für Materialnachschub zu sorgen, Hilfestellungen zu leisten, Getränke und Verpflegung heranzuschaffen und für gute Stimmung zu sorgen, was den beiden nicht schwerfällt, da sie auf Wolke Sieben schweben und aufpassen müssen, aufmerksam zu bleiben und keine Unfälle zu verursachen.

Gülcan wird allerdings recht bald in die Krankenstation gerufen, da es innerhalb und außerhalb des Lagers ständig irgendwelche Verletzungen gibt, die zeitnah behandelt werden müssen. Es stellt sich heraus, dass Mike gut ausgebildeter Unfallchirurg und Internist ist, zwei Qualifikationen, die hier in dieser Gegend dringend gebraucht werden. Er arbeitet in dem größten Zelt der medizinischen Abteilung und Gülcan wird ihm zugeteilt, da sie auch als OP-Schwester tätig war und ihre Erfahrung einbringen kann.

In der Gegend herrscht immer noch die unausrottbare Sitte, den jungen Leuten Mannbarkeitsrituale aufzuerlegen, die in den Augen verweichlichter Europäer einen hirnrissigen Eindruck machen. In dieser Gegend haben sie aber in gewisser Weise einen Sinn, da die Einwohner nun einmal in der Wildnis existieren, dadurch der ständigen Gefahr ausgesetzt sind, von Wildtieren angefallen zu werden, und dann in der Lage sein müssen, sich angemessen zu verteidigen. In vorliegendem Fall wird ein junger Mann eingeliefert, der die Aufgabe zu bewältigen hatte, nur mit einem Speer bewaffnet einen Löwen zu erlegen. Der Junge ist bei Einlieferung noch bei vollem Bewusstsein und sagt zu Mike: „Ich habe ihn getötet."

Der Löwe hatte sich verständlicherweise zur Wehr gesetzt und dem Jungen im Verlauf des Kampfes übelste Verletzungen zugefügt. Unter anderem ist der Brustkorb aufgerissen und das pulsierende Herz liegt frei. Wie durch göttliche Fügung sind keine großen Blutgefäße verletzt, so dass es Mike gelingt, den Brustkorb zu schließen, die Blutungen zu stillen und auch die übrigen Verletzungen zu versorgen. Gülcan darf bei diesem komplizierten und alle Kräfte und Konzentration fordernden Eingriff assistieren, und erledigt ihre Aufgabe zu Mikes vollster Zufriedenheit. Nach dem Eingriff kann Mike etwas ausspannen und hat Zeit für Gülcan.

„Ich bin richtig froh, dass das Schicksal Sie hierhergeführt hat. Ihre Verbindung mit Elena berührt mich ebenfalls zutiefst. Besonders freut mich, dass Sie, nach längerem Zögern, diesen Schritt zu tun, Ihrem sowie Elenas Lebensgang eine neue und zukunftsweisende Richtung geben. Sie passen beide so gut zusammen. Dieser Eindruck macht mich wirklich glücklich."

Gülcan überlegt, wer Mike von der neuen Entwicklung zwischen ihr und Elena erzählt haben könnte. Wände haben Ohren und die Buschtrommel trägt schnell und weit.

Mike lächelt. „Nein, so schlimm ist es nicht. Man könnte vielleicht ganz allgemein sagen, dass ich Dinge spüre."

Schon wieder, wer kann denn noch alles Gedanken lesen in dieser seltsamen Kommune?

Mike seufzt. „Sie haben vollkommen Recht, dass es für mich an der Zeit ist, Ihnen reinen Wein einzuschenken und mit offenen Karten zu spielen.

Die Gemeinschaft der Träger des Dritten Auges ist allerstrengsten Geheimhaltungsvorschriften unterworfen, deren Bruch in früheren Zeiten sogar mit dem Tode bestraft wurde. In heutigen Zeiten wird das nicht mehr so streng gehandhabt.

Allgemein haben die zwischenmenschlichen Verhältnisse sich ja fundamental verändert und insbesondere in den Kreisen okkulter Gesellschaften sind sehr starke Bewegungen und Verwerfungen zu beobachten. Ein jeder kann inzwischen sozusagen sein eigenes Süppchen kochen.

Besonders von Autoren und Verlagen, die außer ihrem Geldbeutel gegenüber keine Verantwortung übernehmen, wird eine Flut von Halb-, Viertel- und Achtelwahrheiten über die Bevölkerung ausgeschüttet, die an Menschen, die arglos und unvorbereitet über die ausgelegten Fallstricke stolpern, furchtbaren Schaden anrichten.

Deshalb ist von den Meistern vor einiger Zeit der Beschluss gefasst worden, den Kampf aufzunehmen und den größten Teil der bisher aus gutem Grund geheim gehaltenen Weisheitslehren zu öffnen und auf diversen Wegen der Allgemeinheit zugänglich zu machen.

Mein Vater ist schon lange Mitglied dieser Gemeinschaft der Meister und arbeitet hart, um in der rechten Art und Weise den Menschen, die eines guten Willens sind, die Lehre vom Übersinnlichen nahezubringen."

„Wollen wir nicht einfach Du sagen?" Gülcan hat sich endlich ein Herz gefasst und die Frage gestellt, die ihr schon etwas länger auf der Seele brennt.

„Natürlich, Gülcan, von ganzem Herzen liebend gern. Hier im Lager sagen alle Du. Und du bist als vollwertiges Mitglied aufgenommen und geschätzt. Wie du weißt, werde ich von allen einfach Mike genannt. Der volle Name lautet Michael, aber Mike hat sich hier schon lange eingebürgert und ich kann gut damit leben.

Diese Namensverkürzungen liebe ich grundsätzlich nicht besonders, aber was soll man machen gegen den Mainstream? Ich bin einfach überstimmt." Mike lacht.

„Genau. Ich sehe das ebenso. Ich würde dich auch gerne oder sogar lieber Michael nennen. Aber die Macht der Gewohnheit ist stark und nachher passiert noch zufällig, dass ich dich Michael rufe und du dich gar nicht angesprochen fühlst."

Mike lacht herzlich. „Wir verstehen uns! Nun zurück zum Thema: Du hattest eben zweimal darüber nachgedacht, ob ich Gedanken lesen kann. Die Antwort lautet ganz klassisch: JEIN. Ja und nein.

Wie Kalle dir geschrieben hatte, verfügen wir Menschen nicht nur über den sichtbaren und tastbaren Erdenleib, sondern auch über höhere übersinnliche Leiber, die sich im Fall des Versterbens loslösen und in andere Existenzformen übergehe. Der höchste übersinnliche Leib ist der Phantom-Leib, der sich aus dem sich vergeistigenden Erdenleib entwickelt und, je nach Reifegrad, seinem Besitzer schon jetzt bewusst zur Verfügung stehen kann. Die Höhe des Reifegrades hängt von der Intensität ab, mit der ein Mensch an der Vervollkommnung seiner Persönlichkeit arbeitet.

Den am höchsten entwickelten Phantom-Leib trug unser HERR an sich, der nach der Auferstehung noch vierzig Tage auf der Erde wandelte. Er konnte sogar Nahrung zu sich nehmen, musste es aber nicht. Diese Höhe hat noch keiner von uns erreicht, wir sind aber auf dem Wege.

Die Phantom-Leiber, die wir beide an uns tragen, du und ich, sind so weit ausgebildet, dass wir, wenn wir es zulassen, unsere Gedanken und Gefühle direkt übertragen können, ohne den Umweg der Sprech- und Hörorgane. Das macht in der Kommunikation vieles leichter, denn wir müssen nicht mehr um passende Worte und treffende Formulierungen ringen.

Vielleicht ist dir vorhin bei der OP aufgefallen, dass du mir, sozusagen intuitiv, immer die richtigen Instrumente zugereicht hast, ohne dass ich darum gebeten hätte. Wir waren einfach durch unsere Phantom-Leiber verbunden, du hast unbewusst meine Gedanken gelesen und warst dadurch spontan in der Lage, meine Wünsche zu erfassen und ihnen nachzukommen."

„Ja, das fällt mir jetzt auch auf. Ohne deine Erklärungen hätte ich es aber wohl nicht bemerkt, was da zwischen uns vorgefallen ist. Aber jetzt sehe ich es auch. Kannst du denn auch dann meine Gedanken und Gefühle lesen, wenn ich es gar nicht will?"

„Nein, das ist völlig ausgeschlossen. Wenn die Tür zu ist, ist sie zu und in jedem Fall unüberwindbar. Wer sich gewaltsam Zutritt verschaffen wollte, müsste sich schwarzmagischer Praktiken bedienen. Und auch solch ein Angriff kann leicht abgewiesen werden, wenn der Betreffende es merkt. Aber dazu bedarf es einiger Aufmerksamkeit und Selbstkontrolle. Über die verfügt aber jeder Mensch, der sich auf dem Pfad der Erkenntnis befindet. Und die anderen sind für die Schwarzmagier sowieso uninteressant. Da ist in der Regel kaum etwas zu holen."

„Muss ich denn auch schon aufpassen?"

Mike lächelt. „Na, unbedingt. Aber du bist von so vielen schützenden Geistern umgeben, da würde ich mich als Schwarzmagier nicht rantrauen. Wer so etwas versuchen sollte, der wird seines Lebens sicher nicht mehr froh. Die eigene Wachsamkeit ist aber immer unverzichtbar. Die vorgeschriebenen Übungen, wenn sie denn regelmäßig und treu durchgeführt werden, versetzen dich stets in die Lage, jede Schlange, die sich ungebeten heranschlängelt, zu erkennen und zu verscheuchen."

Mike erhebt sich seufzend. „So Gülcan, es ist so schön, dass wir ein wenig Zeit zum Plaudern hatten und ich dich ein wenig näher kennenlernen durfte. Jetzt ruft aber wieder die Pflicht. Wenn du Lust hast, komm doch nochmals mit rein. Wir haben heute noch zwei OPs. Gott sei Dank nicht so schwere, und dann ist erst mal Feierabend. Naja, wann hat ein Arzt schon Feierabend? Am Neubau ist auch noch so viel zu tun."

Nach getaner Arbeit treffen Gülcan und Elena sich in der Hütte. Sie umarmen sich lange und fest. „Ich habe dich so sehr vermisst, liebe Gülcan, lieber Schatz. Habe ich dir auch gefehlt?"

Gülcan muss schlucken. Für sie ist das Erlebnis der Gefühlsintensität dieser gleichzeitig starken und auch zerbrechlichen jungen Frau so neu und unvertraut, dass sie Acht geben muss, nicht von den eigenen Gefühlswogen hinweggerissen zu werden.

„Ohne dich kann ich kaum atmen. Ich lerne mich selbst in deiner Gegenwart völlig neu kennen. Du schenkst mir so viel Neues und Unergründliches. Und ich weiß nicht, ob ich dir genügend zurückschenken kann."

„Das wirst du immer, und tust es bereits. Wir werden einander immer nahe sein, auch wenn wir mal räumlich getrennt sein sollten. Was ich in der nächsten Zeit nicht hoffen will. Und du musst versprechen, dich sofort zu melden, wenn ich versuche, dich zu sehr zu vereinnahmen und dir deine Freiheit zu beschneiden. Dazu neige ich nämlich, besonders bei Menschen, denen ich mich nahe fühle. Du darfst dann auch bitte ganz streng zu mir sein, so wie bei unserem Streit über das ärmliche Frühstück, das wirklich völlig unangemessen war. War das nicht total köstlich und komisch? Ich könnte mich kugeln, wenn ich im Nachhinein daran denke. Wir haben uns angestellt wie ein richtig gestandenes Ehepaar. Das war wohl so eine Art Vorübung."

„Jetzt musst du aber nicht den Teufel an die Wand malen. Nun, wenn ich daran zurückdenke, finde ich es allerdings auch total lustig. So redegewandt habe ich mich vorher auch noch nicht erlebt.

Das Gespräch mit Mike war für mich übrigens ungeheuer fruchtbar und aufschlussreich. Du hast bestimmt mitgekriegt, dass ich einen Moment lang eifersüchtig war, als ich bemerkt habe, dass ihr ein besonderes Verhältnis habt. Es hat sich aber alles in wunderbarer Weise geklärt. Ich habe zwischendurch auch überlegt, was du auf keinen Fall missverstehen darfst, wie ich mich entscheiden würde, wenn ich die Wahl hätte zwischen ihm und dir. Ich weiß jetzt, dass du die Partnerin bist, mit der ich mein Leben in Zukunft teilen will, und mit niemand anderem."

„Klar habe ich das mitgekriegt. Ich war auch total gespannt, wie und wann du dich entscheiden würdest. Zu Mike kann ich noch sagen, dass er als junger Mann seine wunderbare Frau im Kindbett verloren hat. Und auch das Kind. Anschließend hat er sich jahrelang von allem zurückgezogen, hat praktisch als Einsiedler gelebt, gefastet und gebetet. Er hat sich wohl vorgeworfen, als Arzt versagt zu haben, und muss furchtbar mit seinem Schicksal gerungen haben.

Schließlich hat Frank ihn aus dieser Depression befreit und für ihn dieses Camp gegründet. Er geht völlig in der Arbeit auf und ist für nichts anderes zu haben.

Das soll jetzt aber nicht heißen, dass du bei Mike sowieso keine Chance gehabt hättest. Man kann nie wissen, was die Zukunft noch bringt. Ich habe dir von Mikes tragischem Schicksal einfach deswegen nichts erzählt, weil ich dich vollkommen frei entscheiden lassen wollte.

Im Übrigen bin ich sicher, dass hier im Lager noch jede Menge andere Frauen in den Startlöchern hocken, um einen günstigen Moment zu erwischen." Elena schlägt ein Kreuzzeichen. „Verzeih, lieber Mike, mein Lästermaul kennst du und weißt es bestimmt zu entschuldigen."

Gülcan kichert. „Ich verspreche, ich werde nicht petzen."

„Ha, das wäre für mich ein Scheidungsgrund! Noch vor der Hochzeit! Da bin ich total gnadenlos mit mir." Die beiden jungen Frauen liegen sich lachend in den Armen. „So, damit die Nacht nicht wieder so kurz wird, wie die letzte, lass uns zur Tat schreiten."

Am nächsten Vormittag kommt Frank angereist. Er wird von der Belegschaft freudig empfangen, es gibt aber keine große Festivität, da Frank zwar in größeren Abständen, aber doch regelmäßig in Erscheinung tritt. Gülcan ist schwer beeindruckt von der äußeren Erscheinung des Mannes und seiner Ausstrahlung. Hochgewachsen und athletisch wie Mike, nur das Haupt- und das Barthaar sind weiß. Bei Mike ist es noch schwarz mit einigen weißen Einsprengseln. Wenn sie nebeneinanderstehen, fällt sofort auf, dass es sich um Vater und Sohn handelt.

Frank zieht sich sofort mit dem amtierenden Vorstand zurück, um alles Wichtige zu besprechen. Sie tagen bis weit in die Nacht hinein.

Elena und Gülcan gehen ihren Arbeiten nach, Elena auf dem Bau, Gülcan in der Krankenstation. Des Öfteren sind Pausen eingestreut, ganz besonders in der Mittagszeit, wenn es einfach zu heiß ist für die Arbeit. Nur das Notwendigste wird während der ausführlichen Mittags-Siesta erledigt.

Am nächsten Morgen beginnt die ersehnte Bürgersprechstunde, die sich je nach Bedarf bis zu einer Woche hinziehen kann. Bei der Gelegenheit widmet Frank sich den Nöten, Anliegen und Bedürfnissen der Gemeindemitglieder, die zum Beispiel eine Idee entwickelt haben, wie der organisatorische Ablauf des Lagers verbessert werden könnte. Aber auch ganz persönliche Schwierigkeiten können besprochen werden, wie Ehe- und Erziehungsprobleme, allgemeiner Streit, Zank und dergleichen.

Elena und Gülcan haben sich ebenfalls angemeldet, und dürfen bereits am zweiten Sprechtag antreten. Die Besprechung findet im großen Andachtszelt des Lagers statt. Frank erhebt sich, als die beiden Frauen eintreten.

„Wie schön, dass ich dich heute kennenlernen darf, Gülcan." Frank drückt den beiden die Hand und bittet sie, Platz zu nehmen.

„Elena, die Kämpferin, wir kennen uns ja schon. Was kann ich Gutes für euch tun?"

Zunächst ist da die Frage der Trauung. „Natürlich, mir wurde bereits berichtet. Welch eine schöne Gelegenheit. Das mache ich gerne. Es ist nicht zwingend, aber falls ihr an persönliche Trauzeugen gedacht haben solltet, würde das die kleine Zeremonie in guter Weise abrunden."

Gülcan muss gestehen, dass sie in der Aufregung an diese kleine Formalität nicht gedacht haben. „Aber wie wäre es denn mit Mike, wenn das nicht zu viel verlangt ist? In Deutschland habe ich natürlich viel mehr Freunde und Bekannte, die infrage kommen."

„Gute Idee, Mike macht das bestimmt liebend gerne. Wir fragen ihn gleich."

Elena, die ja schon eine deutlich längere Zeit im Lager lebt, ist auch etwas durcheinander. Im Grunde hat sie bisher im Lager niemanden kennengelernt, der ihr so nahesteht, dass sie ihm eine solche verantwortungsvolle Aufgabe zumuten würde. Sie ist eben eine ausgeprägte Einzelgängerin, die nicht leicht aus sich herausgeht und sich nur ungern anderen Personen öffnet.

Frank hat eine Lösung parat: „Elena, wir können doch deinen Vater fragen. Er hält sich zurzeit noch hier in dieser Gegend auf. Er würde das sicher gerne für dich tun."

Elena und auch Gülcan sind total erschüttert, dass solch eine Begegnung überhaupt denkbar sein kann. Sie beide sind noch in der alten materialistischen Sichtweise gefangen, die den leiblichen Tod als das Ende der Existenz einer menschlichen Persönlichkeit betrachtet oder für die zwar in gewissem Sinne geistige Wesen wie Engel, Erzengel und dergleichen existieren, aber doch sehr weit weg und furchtbar abstrakt. Deshalb ist es für die Verstorbenen auch so schwierig, mit Menschen, sogar mit nächsten Anverwandten, Kontakt in welcher Form auch immer aufzunehmen.

Frank fordert Kalle auf, sich jetzt bitte hinzuzugesellen. In der Mitte des Zeltes bildet sich ein Lichtwirbel, der sich zügig verdichtet und Gestalt annimmt. Gülcan bleibt fast das Herz stehen. Sie umklammert Elenas Hand. Sie fürchtet, das Bewusstsein zu verlieren. Elena nimmt sie in den Arm, um sie zu stützen. Dann springt sie auf, strebt in Richtung ihres Vaters, um ihn zu umarmen, vor ihm auf die Knie zu fallen oder sonst was. Sie ist einfach außer sich.

Frank geht geistesgegenwärtig dazwischen. „Elena, das geht jetzt leider nicht. Der Phantom-Leib deines Vaters ist noch zu empfindlich. Wenn du ihn jetzt berührst, könnte er Schaden nehmen."

Elena setzt sich wieder neben Gülcan, die sich gut gefangen hat und ganz versunken ist in den Anblick des geliebten Mannes.

„So, wir haben jetzt mit Karl-Heinz zwei Dinge zu besprechen." Frank ist ganz sachlicher Gesprächsführer. „Der erste Punkt ist einfach. Kalle, würdest du deine Tochter zum Traualtar führen und den beiden Brautleuten als Trauzeuge zur Verfügung stehen?"

Für Kalle ist das keine Frage: „Also Frank, diese große Verantwortung übernehme ich liebend gerne. Da kann meine Antwort nur lauten: Ja."

„Gut. Die zweite Frage ist viel schwieriger, und ich muss ein wenig ausholen. Seit einigen Tagen braut sich auf dem Mond ein Ereignis zusammen, das mit dem Wesen zusammenhängt, das du treffenderweise Schnulli getauft hast, Kalle. Ist ja noch nicht lange her.

Dieser Schnulli hat sich in der letzten Zeit auffallend und verdächtig ruhig verhalten, und wir hatten bereits die Vermutung, dass der Bursche mal wieder eine Gemeinheit ausheckt. Inzwischen haben unsere Informanten, verzeiht die saloppe Ausdrucksweise, konkretere Hinweise geliefert, und wir werden morgen mit allen verfügbaren Kräften ausrücken müssen, um nach dem Rechten zu sehen und dem Finsterling bei Bedarf kräftig auf die Finger zu klopfen.

Wir vermuten, dass die Schwierigkeiten mit verirrten Seelen zu tun haben, die von Schnulli und Konsorten in eine Falle gelockt werden, aus der möglicherweise kein Entkommen möglich ist. Frage an dich, Kalle, bist du dabei?"

„Wenn es um Finger- und Schnulli-Klopfen geht, immer."

„Das habe ich auch nicht anders erwartet, aber fragen muss ich ja. Jetzt zu unserem lieben Brautpaar. Ihr beide seid in euren Fähigkeiten zumindest so weit, dass ihr unter Anleitung und Führung euren Phantom-Leib lösen und den Zug in Richtung Mond begleiten könntet.

Wir brauchen wie gesagt jede Hand. Ich denke, dass Kalle der geeignete Führer für euch sein sollte, da ihr beide mit ihm gut vertraut seid und ihr euch ohne Probleme mit ihm abstimmen könnt. Der Einsatz wird übrigens von den Meistern koordiniert und weltweit unterstützt."

Die beiden jungen Frauen sind erschüttert und beeindruckt von der Größe der Herausforderung und der Tiefe des Vertrauens, das ihnen von den beiden Männern entgegengebracht wird.

„Gülcan, was meinst du?" Gülcan hat sich noch nie gerne zu Spontan-Entschlüssen hinreißen lassen. Deswegen passen Elena und sie so gut zusammen. Elena, die Feurige, Gülcan, die Bedächtige. Gülcan würde natürlich gerne noch eine Nacht über der Frage schlafen. Sie sieht aber ganz deutlich den gewissen Zeitdruck und dass es eigentlich wenig bringt, sich weitere Bedenkzeit zu erbitten. Sie strahlt Elena an. „Ich bin dabei."

Elena springt auf. „Jetzt sind wir ein Team! Frank, erzähl. Wann genau geht es los?"

„Wir machen noch Phantom-Übungen, werden weitere Einzelheiten abklären und nach der Hochzeitszeremonie sollten wir starten."

Kalle, Elena und Gülcan arbeiten hochkonzentriert die ganze Nacht hindurch. Von Kalle bekommen sie auch etliche Tipps und Hinweise, was den Umgang mit Mopsi und Schnulli betrifft, wobei Kalle natürlich nicht weiß, was genau sie auf dem Kampfplatz erwartet. Kampf wird es auf alle Fälle geben. Man wird viel improvisieren müssen und aus der Situation heraus entscheiden. Für einige wenige Stunden legen Gülcan und Elena sich doch noch aufs Ohr. Kalle braucht keinen Schlaf.

Man trifft sich am frühen Morgen, da es zu dieser Zeit noch nicht so heiß ist. Frank hat im Andachtszelt alles vorbereitet. Das strahlende Brautpaar steht vor dem kleinen Altar, einige Kerzen sind entzündet, der Organist spielt einen Choral. Rechts und links vom Brautpaar stehen die Trauzeugen, Mike und Kalle.

Frank tritt hinzu, in ein prächtiges afrikanisches Gewand gehüllt. Er spricht die vorgeschriebenen Formeln und fragt die Gemeinde, ob es Einwände jeglicher Art gegen die Verbindung von Elena und Gülcan gibt. Das ist nicht der Fall, also kann Frank die entscheidenden Fragen stellen, die von den glücklichen jungen Frauen laut und deutlich mit Ja beantwortet werden.

„Und jetzt dürft ihr euch küssen." Damit ist der Verpflichtungen Genüge getan, Elena und Gülcan sind offiziell vor Gott vereint. Und können es beide noch nicht fassen. Sie hatten sich so in Ruhe vorbereitet und geglaubt, dass sie in genügender Weise abgeklärt und gefasst diesen entscheidenden Schritt in ein gemeinsames Leben würden tun können. Trotzdem fließen jetzt reichlich die Tränen.

Elena fühlt sich immer noch wie im Traum. Sie kann nicht glauben, dass all ihre Wünsche in Erfüllung gegangen sind. Sie hat den sicheren Hafen erreicht.

In der ersten Zeit ihres Aufenthaltes im Camp trug sie sich mit dieser Vorstellung ebenfalls. Das hatte sich allerdings als trügerisch herausgestellt. Sie war sofort mit viel zu viel Arbeit zugeschüttet worden, was ihr zuerst nicht besonders auffiel, da sie als kraft- und energiegeladener junger Mensch glaubte, jeder Belastung gewachsen zu sein. Es war ja auch immer so viel Arbeit vorhanden, dass sie mindestens 25 Stunden am Tag hätte arbeiten müssen, um allen Anforderungen, die an sie herangetragen wurden, gerecht zu werden.

Eines Tages kam dann der Zusammenbruch, und sie brauchte einige Wochen, um sich davon zu erholen. Aus diesem Ereignis hat sie aber leider nichts gelernt. Ihre Umgebung muss weiterhin Acht geben, dass sie sich nicht immer weiter überfordert, was aber allzu oft nicht klappt, da alle anderen Mitglieder der Gemeinde ebenfalls in der Regel am Rande ihrer Leistungsfähigkeit stehen. Kurz vor ihrem nächsten Zusammenbruch kam dann die Nachricht vom plötzlichen Versterben ihres Vaters, und die Reise nach Deutschland bot die dringend notwendige Erholung. Und jetzt hat sie endlich den Menschen an der Seite, nach dem sie so lange gesucht hat, der auf sie aufpasst und sie behütet.

KAPITEL 13

Michaels-Kampf

Die Kämpfer versammeln sich im großen Tagungszelt und stimmen sich auf den Einsatz ein. Es sind insgesamt acht Personen, ohne Kalle, der als Geistwesen und Hospitant nicht direkt zu den Lagerbewohnern gehört. Insgesamt also neun.

Sie lassen sich im Keis auf dem Boden nieder, Frank und Kalle in der Mitte, und beginnen ihre Phantom-Leiber zusammenfließen zu lassen. Das funktioniert reibungslos, volle Konzentration und der gemeinsame Willensakt befördert die Truppe mit einem Ruck an den Ort des Geschehens.

Das Bild, das sich Kalle damals geboten hatte, hat sich fundamental geändert. Die Mondoberfläche ist bevölkert von den Seelen erst kürzlich Verstorbener und von Menschen, die sich gerade auf eine neue Verkörperung vorbereiten, die sich also ebenfalls bereits in der näheren Umgebung des Erdkreises aufhalten. Diese Seelen haben sich auf dem Mond versammelt, angelockt von Geistern der Finsternis, die Schnulli ausgesendet hat, um sie mit impertinent fadenscheinigen Versprechungen auf den Weg des Irrtums zu locken.

Die meisten Seelen, die sich dem Erdkreis annähern, erkennen problemlos die Fangnetze der Übelgeister, weichen elegant aus und verbleiben auf dem richtigen und vorgeschriebenen Weg. Nicht wenige fallen aber leider auf das Säuseln und Locken herein, und versammeln sich auf dem Mond, um sich auf direktem Weg unter Festgesängen und Fanfarenklängen in die Herrlichkeit des Paradieses führen zu lassen.

Die Kämpfertruppe benötigt einen Moment um sich zu orientieren, findet den Ort des Geschehens aber zügig. Er ist nicht zu übersehen. Mopsi hat sich wieder zum Riesen-Mops aufgebläht, Schnulli tobt und tanzt vor Mopsis geöffnetem Rachen und befördert mit Unterstützung diverser weiterer Mieslinge die Massen der geduldig wartenden Seelen in den Höllenschlund.

Für den unbestechlichen Klarblick der Geistkämpfer stellt sich die Szenerie in ungeschminkter Weise dar: Für die geblendeten Seelen der bedauernswerten Opfer von Schnullis und dessen Adlaten Verführungskünsten haben sich die Bösen richtig in Schale geschmissen und leuchten in den freundlichsten Farben. Nur hin und wieder flackern giftgrüne Einfärbungen hindurch.

Kalle stürzt sich mit Kriegsgeheul auf den tanzenden und tobenden Schnulli, der kurz aufblickt. „Der schon wieder! War ja klar!" Schnulli versucht den gewaltigen Anprall so gut es geht abzufangen, was aber nicht so recht gelingt. Brüllend und rasend wälzen die Kotrahenten sich im Mondstaub, schlagen, würgen, treten.

Die anderen Mitglieder des Stoßtrupps kümmern sich währenddessen um die verführten Seelen, komplimentieren sie aus dem Schlund, lenken den Strom in eine andere Richtung weg von Mopsi, der mal wieder nicht kapiert was los ist. Er versucht, das Riesenmaul zuzuklappen, woran ihn Mike und Frank hindern, indem sie sich dagegenstemmen und Mopsi so eine Art Maulsperre aufzwingen.

Elena und Gülcan sind weiter ins Innere des unglückseligen Monsters vorgestoßen und helfen weiteren verblendeten und orientierungslosen Seelen, den rettenden Weg nach draußen zu finden.

Die gespenstige Szene wird inzwischen auch von zahlreichen Engelwesen bevölkert, meistens solchen, die den verführten Seelen verbunden sind, aber auch anderen, die sich gerade in der Gegend aufgehalten haben, sich auf der Durchreise befinden, und auf den ungewohnten Tumult aufmerksam geworden sind. Diese Engel greifen beherzt ein und geleiten die armen Seelen vom Ort der Aufregung hinweg, sorgen für Ordnung und Aufklärung.

Kalle und Schnulli sind vollkommen mit ihrer für beide unerfreulichen Klopperei beschäftigt.

Unerfreulich für Kalle, weil Schnulli aus dem letzten schmerzlichen Aufeinandertreffen mit Kalle gelernt hat und dafür sorgt, dass ihm wichtige Körperteile nicht mehr so leicht abhandenkommen können.

Unerfreulich für Schnulli, weil der aus den Augenwinkeln bemerkt, dass das Blatt sich wendet und ihm die Felle wegzuschwimmen drohen. Mal wieder alle Arbeit umsonst?

Aber Schnulli hat ja noch den einen oder anderen Pfeil im Köcher. Auf sein Kommando hin beginnen urtümliche Riesengestalten aus dem Mondstaub zu wachsen, und tatkräftig und hochmotiviert in das Kampfgeschehen einzugreifen. So entwickelt sich zwischen Engeln, Monstern, Menschen und Dämonen eine regelrechte Geisterschlacht, die ziemlich unentschieden hin und her tobt.

Auch Kalle beobachtet aus den Augenwinkeln das Geschehen und bemerkt, dass seine Truppen die Oberhand gewinnen, wenn er sich Schnulli überlegen zeigt, und umgekehrt die Mies-Monster überwiegen, wenn Schnulli mehr Wucht entwickelt. So wütet der Kampf unentschieden hin und her.

Kalle sieht ein, dass es so nicht weitergehen kann, seine Kräfte werden irgendwann erlahmen. Er richtet den Blick verzweifelt Richtung Sonne, die gerade über dem Mondhorizont aufgeht. „Wir brauchen Hilfe!"

Aus den Sonnenstrahlen heraus bildet sich eine Lichtwolke, die mit hohem Tempo herbeirast und über dem Kampfesgetümmel zur Ruhe kommt. Es wirbelt und flammt, und aus den Flammen heraus bildet sich eine Engelsgestalt, die nur aus Flammen und Blitzen zu bestehen scheint. Das Kriegsgeschrei und der Lärm der Walstatt werden übertönt von gewaltigen Posaunen- und Fanfarenklängen.

Die Übelmonster richten sich auf und begrüßen die überwältigende Erscheinung mit Wutgebrüll und Hassgeschrei.

Das nützt ihnen aber nichts. Der Engel hält ein Flammenschwert in der Hand und fegt mit gewaltigen Schlägen über den Kampfplatz. Die Finsterlinge werden in Stücke gehauen, die Einzelteile fliegen in alle Richtungen davon. Schnulli versucht ein letztes Aufbäumen, wird von einem machtvollen Schwerthieb aber in die Unendlichkeit geschleudert. Mopsi hat seine letzten Opfer ausspucken müssen und kann nur belämmert glotzen, als ihn ein fürchterlicher Schwerthieb trifft, und er sang- und klanglos zusammenschrumpelt zu einem unscheinbaren grauen Stinkehäufchen. „Bloß nicht reintreten", mahnt Frank vorsorglich.

Der Engel steht in einiger Entfernung vor ihnen. Die Flammen haben sich in ihn hinein zusammengezogen. Das Schwert ruht in der Rechten. Der Blick ist ernst und konzentriert auf die Ansammlung von Menschen und Engeln gerichtet. Ein solches Maß von Ernst, Strenge und Schönheit wahrzunehmen, übersteigt die Kräfte der Anwesenden. Sie werden den Blick abwenden müssen.

„Das ist Michael, der Führungsengel des hiesigen Zeitalters. Ohne euren Mut und eure Entschlossenheit wäre er nicht auf uns aufmerksam geworden und hätte nicht helfen können. Wir sind gesegnet." Frank kann nur flüstern. Zu groß ist die Heiligkeit des Augenblicks.

Der Engel mildert die Intensität seines Blickes. Eine leichte Verneigung. Sodann wendet er sich der strahlenden Sonnenscheibe zu, die über dem Horizont aufgestiegen ist, und jagt ihr unter brausenden Orgelklängen entgegen.

Aus dem Brausen der Orgel bildet sich das Wort, das den Erdkreis erzittern lässt, die Engel jubeln, und die Dunkelwesen in ihren Klüften erschauern:

ICH BIN

KAPITEL 14

Neustart

Gülcan legt Wert darauf, dass ihre geheiligte Verbindung auch in Deutschland noch von der dort zuständigen staatlichen Stelle abgesegnet wird. Also ab die Post in die alte Heimat.

Die beiden können in einer Wohnung unterkommen, die Martin für sich freihält, für den Fall, dass er geschäftlich in Deutschland vor Ort sein muss, da sich durchaus nicht alles digital über das Internet abwickeln lässt. Die Wohnung ist wunderbar gelegen, sehr komfortabel eingerichtet und sehr viel größer, als Elena sich hätte vorstellen können. Sie staunt immer wieder, wie in den Kreisen, in denen Martin verkehrt, mit Geld um sich geschmissen wird. Besonders irre findet Elena die Tatsache, dass die Wohnung mindestens elf Monate im Jahr leer steht. Trotzdem genießen sie natürlich den Komfort. Man soll die Feste feiern, wie sie fallen.

Der standesamtliche Termin steht auch schon. Sie haben bis dahin noch zwei Wochen, und entschließen sich, diese Zeit auch richtig auszukosten.

Die passenden Trauzeugen zu finden, war überhaupt kein Problem. Für Elena wird Franzi antreten, für Gülcan hat Aydan mit Freuden zugesagt. Endlich ist ihre geliebte kleine Schwester auch in guten Händen.

Franzi und Aydan haben sich freigenommen, um sogleich anzureisen, und bringen ihre jeweilige Familie mit. In der Wohnung von Martin ist so viel Platz, dass das Brautpaar, Franzi mit Erika und einem süßen kleinen

Adoptivsohn und Aydan mit Manfred und einem Sohn, der gerade laufen lernt, locker unterkommen.

Franzi ist unübersehbar schwanger. „Wow, Franzi. Was machst du denn?"

„Kein Grund zur Panik. Das ist alles abgesprochen und geregelt. Wozu gibt es künstliche Befruchtung? Es hat sogar schon beim dritten Versuch geklappt. Erika ist ebenfalls überglücklich und hat bei der Gelegenheit ernsthaft überlegt, dass sie eigentlich auch gerne schwanger werden möchte. Die Ärzte haben aber abgeraten. Das könnte ein Gewürge werden, denn je älter die Frau, desto schwieriger die Befruchtung. Also hat sie Abstand genommen.

Ich wollte aber unbedingt mindestens einmal im Leben schwanger sein und ein eigenes Kind großziehen."

„Das kann ich so gut verstehen. Das würde ich auch so gerne erleben. Aber künstliche Befruchtung würde mir schwerfallen. Das ist doch sehr technisch. Für das werdende Leben wäre es doch bestimmt viel besser, wenn bei der Empfängnis ein wenig Liebe mit dabei ist."

„Naja, da gäbe es ja noch eine andere Möglichkeit."

„Franzi, du bist frech. Ich bin schließlich frisch und vor allem glücklich verheiratet. Und mit einem Mann? Nein, das kann ich mir definitiv nicht vorstellen."

„Ich bin sicher, kommt Zeit, kommt Mann. Du musst einfach immer die Augen offenhalten und Geduld haben. Du bist ja noch jung. Und die Männer sind verschieden. Du findest den Passenden garantiert."

Aydan und Gülcan sitzen in Aydans Zimmer. Manfred ist mit Sohnemann zum nahegelegenen Kinderspielplatz gewandert. Die Frauen haben also Ruhe und es gibt so viel zu erzählen.

Zwischendurch schließt Gülcan die Augen und konzentriert sich. Sie möchte es doch gerne wissen und alleine herauskriegen.

„Ist irgendetwas, Gülcan?"

„Nein, nein, nur ein Moment der Abwesenheit. Das kommt bei mir manchmal vor. Ich hatte noch gar nicht gefragt: Sind es Zwillinge, Junge und Mädchen?"

„Na, das haut mich jetzt um. Woher weißt du das denn?"

„Ich hatte einfach so eine Ahnung."

„Gülkan, dafür kenne ich dich zu gut. Da steckt mehr dahinter. So einfach nehme ich dir das nicht ab."

Gülcan seufzt. Ist sie zu weit gegangen? Es brennt ihr so sehr auf den Nägeln, die geliebte Schwester, mit der sie bisher jedes noch so kleine Geheimnis geteilt hat, in ihre ungeheuerliche und unglaubliche Geschichte einzuweihen. Besonders weil sie an Aydans Phantom-Leib gesehen hat, dass sie sich unbewusst schon auf eine anstehende Einweihung vorbereitet. Was würde Frank dazu sagen? Er ist ihr Lehrer und Mentor.

„Meine liebe Aydan", irgendwie kommt es Gülcan plötzlich so vor, als sei sie in die Rolle der großen Schwester geschlüpft, als hätten sie die Rollen getauscht „ich muss gestehen, es ist nicht nur so eine Ahnung. Ich habe es gesehen. Wie das zu erklären ist und was sich bei uns daraus für Folgerungen ergeben, darüber kann ich erst zu einem späteren Zeitpunkt sprechen. Es wird aber bald sein."

„Na, das hört sich ja ganz schön geheimnisvoll an. So kenne ich dich gar nicht. Mir scheint, dass du in Afrika reichlich ungewöhnliche Dinge erlebt hast. Aber ich nehme es dir nicht übel. Ich kann gut warten."

„Es ist ganz lieb, Aydan, dass du es mir nicht unnötig schwer machst. Ich verspreche, wenn die Zwillinge auf der Welt sind, wird es so weit sein."

„So lange kann ich gut warten. Und dann, Schwesterchen, nehme ich dich beim Wort. Die Niederkunft wird mich nicht so sehr ablenken, dass ich dein Versprechen vergesse."

Die Schwestern lachen und umarmen sich. Der Frieden ist wiederhergestellt.

Die Verhandlung vor dem Standesbeamten ist angenehm unkompliziert und sachlich. Der Beamte hält eine kleine offensichtlich vorgefertigte Ansprache. Elena überlegt zwischendurch, wie viele Varianten er wohl auf seinem Laptop gespeichert hat. Zwei oder drei? Sie hat aber keine Lust zu fragen. Das kann sie Gülcan nicht antun, sie hatten sich so auf diesen Termin gefreut. Nachher gibt es noch einen Ehekrach.

Also die obligatorischen Fragen. Gülcan: Ja. Elena: Ja. Umarmung, Kuss. Schon ist die Ehe in trockenen Tüchern.

Draußen warten schon die zahlreichen Gäste. Mit so vielen hatten Elena und Gülcan nicht gerechnet. Bei den Vorbereitungen haben sie nicht mitgewirkt. Da hatten Franzi und Aydan sich freundlicherweise starkgemacht. Viele Umarmungen, Küsse, Gratulationen und Blumensträuße. Elena und Gülcan werfen ihre Brautsträuße. Der Brautwagen wartet schon. Natürlich muss es eine Stretch-Limousine sein. Klar, die Trauzeugen dürfen auch noch mit hineinpassen.

Und wer steht neben dem Brautwagen? Nicht zu fassen: Frank strahlt über das ganze Gesicht und freut sich an der Überraschung der Frauen.

„Frank, was machst du denn hier?"

„Ganz einfach, ich will nur sehen, ob es euch gutgeht."

Elena boxt Frank gegen die Brust. „Das kannst du mir nicht erzählen, alter Mann. Dafür machst du nicht so eine weite Reise."

„Schon erwischt. Ich hatte hier ganz in der Nähe zu tun und habe den Aufenthalt ein wenig verlängert."

„Das ist ja toll. Hast du denn auch noch Zeit für das Hochzeitsessen?"

„Natürlich. Für meine beiden wichtigsten Mitarbeiterinnen bin ich doch immer da."

„Alter Charmeur. Du kannst es nicht lassen. Jetzt aber rein in den Wagen. Das Essen wartet. Wir sind schon ganz ausgehungert."

Gülcan hält sich eher still in der ganzen Zeit. Das fällt in dem Trubel kaum einem der Gäste auf. Nur Frank blickt bisweilen nachdenklich zu ihr hin, lächelt und nickt. Er hält sie im Geiste fest im Arm und Gülcan spürt das deutlich.

Das Treffen und die Gespräche mit Aydan und Franzi sind Gülcan ganz gehörig an die Nieren gegangen. Sie wünscht sich so sehr eigene Kinder. Wozu hat sie sonst geheiratet? Die bisherige Form ihres Zusammenseins mit Elena bedarf keiner staatlichen und kirchlichen Zustimmung oder Förderung. Nein, sie hat in der letzten Zeit sogar seltsame Träume.

Sie erinnert sich, dass ein Hinweis in den zahlreichen Gesprächen mit Karl-Heinz, Frank und Mike ihr damals ganz besonders nahegegangen ist. Es hieß, dass die familiären Generationsfolgen sich dadurch weiterentwickeln, dass die Seelen der Ungeborenen jeweils die Elternpaare zusammenführen, bei denen sie auf die Welt kommen möchten. Wenn das unterbunden wird, zum Beispiel durch jede Art von Empfängnisverhütung, müssen die Ungeborenen sich im Ernstfall andere Elternpaare suchen und werden dadurch aus ihrem ursprünglichen Schicksal ausgegrenzt. Sie finden ihre eigentlichen Schicksalsgenossen nicht und müssen auf der Erde eventuell anstrengende und belastende Umwege nehmen, um ihre naturgemäße Mission noch wenigstens in Ansätzen erfüllen zu können.

In die Engelsphären wird dadurch viel Unruhe hineingetragen. Das muss einen Eindruck machen wie die Aufführung eines Konzerts, bei dem die Musiker, ohne Dirigent, auf schlecht gestimmten Instrumenten heftig durcheinanderspielen. Es klingt nichts zusammen und das Publikum verlässt verärgert den Saal.

Immerhin ist das Hochzeitsessen ein voller Erfolg. Reden werden geschwungen, viele Gespräche geführt, Bekanntschaften geschlossen, es wird getanzt. Den Eröffnungstanz bekommen Elena und Gülcan ganz anständig über die Bühne. Sie sind beide keine begeisterten Tänzer, Elena ist aber von der Stimmung des Festes sehr angetan und mitgerissen, und es gelingt ihr, Gülcan aus ihrer leichten Traurigkeit zu befreien.

Zwischendurch ergibt sich die Gelegenheit, dass Elena, Gülcan und Frank ungestört eine Zeit zusammensitzen können, um in Ruhe zu besprechen, was die Zukunft bringen wird. Frank äußert volles Verständnis, falls die beiden Frauen nicht in das Camp zurückkehren sollten. Er würde das in höchstem Maße bedauern, wird ihren Entscheidungen aber in keiner Weise im Wege stehen. Wichtig sei in erster Linie, dass sie ihren gemeinsamen Weg finden, und er wird sie in jeder ihm möglichen Weise dabei unterstützen. Das starke geistige Band, das sie verbindet, wird allen Belastungen standhalten und niemals reißen. Sie umarmen sich unter Tränen, wohl wissend, dass ein Wiedersehen in diesem Leben ziemlich unwahrscheinlich ist.

Gülcan und Elena nutzen die Gelegenheit einer Tanzpause, um sich allgemein zu verabschieden. Die Stretch-

Limousine bringt sie zurück zu Martins Wohnung. Sie hatten schon vor den konkreten Hochzeitsplanungen überlegt, wohin am besten und schönsten eine Hochzeitsreise gehen könnte. Elena, der kleine Kobold, schlägt vor: „Wie wäre es mit Südafrika. Ich habe gehört, dass es dort so ein interessantes Camp gibt. Es soll dort auch sehr gastfreundlich zugehen."

„Ja, das ist doch mal ein schöner Vorschlag. Mir ist es aber ein bisschen weit abgelegen. In Deutschland gibt es doch auch schöne Ecken, die weder ich noch du kennen."

So palavert es sich immer weiter, und zu greifbaren Ergebnissen kommen die Damen nicht. Es ist ja auch noch nicht soweit, und man ist ja auch noch so jung und es bieten sich noch so viele Möglichkeiten und Gelegenheiten an.

„Lass uns erst mal darüber schlafen."

Auf diese Weise reiht sich Entschlusslosigkeit an Ratlosigkeit, Müdigkeit an Unlust und es gibt kein Ergebnis. So sind sie also schließlich in der Luxuswohnung von Martin gelandet, und das ist ja auch kein schlechter Anfang. Erst mal die unbequemen Hochzeitsklamotten in die Ecke, unter die Dusche und schön gemütlich vor dem TV-Großbildschirm entspannen.

So ein riesiges Ding haben die beiden noch nie gesehen. Das ist wirklich wie Kino, und außerdem entdecken sie auch noch die Videothek, die keinerlei Wünsche unberücksichtigt lässt. Sie zählen nicht nach, aber Schätzungen ergaben, dass es sich gut und gerne um mindestens 5000 verschiedene Filme handeln könnte. Natürlich gibt es nicht nur eine Fernsehanlage in dieser Riesenwohnung, sondern acht. Sogar in der Küche und auf den verschiedenen Toiletten kann man genüsslich das aktuelle Filmprogramm verfolgen.

Gülcan hat schon jetzt keine Lust auf den vielen Luxus und sehnt sich zurück in ihre kleine Hütte in Afrika. Elena ist aber der Meinung, man könnte diesen absurd übertriebenen Lebensstil doch ohne schlechtes Gewissen mal ein paar Tage genießen, gewissermaßen als Sozialpraktikum, und währenddessen in Ruhe überlegen, wohin die Reise dann gehen soll.

Also einverstanden, sie haben ihre erste Ehekrise elegant umschifft und lassen sich entspannt in den letzten Abschnitt ihrer grandiosen Hochzeitsinszenierung, die legendäre Hochzeitsnacht, fallen. Sie beide wissen inzwischen ganz genau, was sie voneinander zu erwarten haben und schlafen schließlich, erschöpft und glücklich, eng umschlungen ein.

Im Verlauf einiger Tage des Luxuslebens stellen die glücklichen Eheleute zu ihrem Erstaunen fest, dass so ein ausschweifender Lebensstil eigentlich doch mal ganz unterhaltsam und genussreich sein kann. Sie müssen sich trotz dreier Küchen nicht um die Verpflegung kümmern, denn in der näheren Umgebung finden sich diverse Edelrestaurants, die sich über jeden Zuwachs interessierter und ansehnlicher Kundschaft freuen.

Unausweichliche Annäherungsversuche wehrt Elena mit der Geschichte von den Schnabeltassen wirksam ab, und so können die frischen Brautleute ihre Freiheit in vollen Zügen genießen.

Ein kleiner Dorn sitzt aber trotzdem noch im Fleisch. „Elena, wir sollten auch mal über einen möglichen Kinderwunsch sprechen. Ich glaube, dass du dir im tiefsten Inneren, genauso wie ich, eigene Kinder wünschst. Bei mir ist dieser Wunsch sogar sehr groß und er wird immer größer.

Vor unserer Hochzeit habe ich mit meiner Freundin Franzi gesprochen, die auch mit einer Frau verheiratet ist. Du hast sie auch kurz kennengelernt. Die beiden haben einen süßen kleinen Jungen adoptiert und Franzi hat sich dann künstlich befruchten lassen. Für mich würde aber eine künstliche Befruchtung nicht infrage kommen. Das ist mir zu kalt und unpersönlich."

Elena denkt lange nach. „Ach meine lieber Schatz, ich möchte dir jeden Wunsch erfüllen und dir in allem entgegenkommen. Du bist ja auch die Vernünftigere von uns beiden. Und ich habe schon so viel von dir gelernt.

Ich habe auch schon bemerkt, dass dich ein wichtiges Anliegen umtreibt, und ich weiß, dass du bisweilen lange brauchst, bis du eine Frage innerlich soweit bewegt hast, dass du sie dann auch vorbringen kannst. Und dass es um Kinderwunsch geht, habe ich mir auch schon gedacht. Ich bin ja nicht aus Stein."

Elena kichert bei der Vorstellung. „Naja, du kannst mir glauben, dass ich jedes Mal, wenn uns eine Familie mit kleinen Kindern entgegenkommt, weiche Knie bekomme und ich mich frage, was uns beiden in dieser Beziehung aufgetragen ist. Wir werden uns also einen netten jungen Mann suchen, der bereit ist, uns so lange zu besteigen, bis sich der gewünschte Erfolg einstellt. Und danach kassiert er die Kündigung."

Elena seufzt tief. „Hast du dir das ungefähr so vorgestellt, mein lieber Schatz, oder hast du eine andere Idee?"

„Tja, ehrlich gesagt habe ich noch nicht so weit gedacht. Aber wenn ich deinen Gedanken einfach mal weiterspinne, kann ich mir nicht vorstellen, dass wir in dieser Yuppie-Gegend was Passendes finden. Das sind doch alles nur Schnösel, die mit Geld großkotzig rumschmeißen und auf den eigenen Genuss aus sind."

„Naja, Genuss soll der Kerl auch meinetwegen haben. Meistens kommen die ja auch ziemlich schnell. Aber das sind auch intelligente Burschen. Und das kann für uns eine gefährliche Mischung werden. Man weiß nie, was solche Knaben anschließend alles aushecken."

Gülcan sieht jetzt die Gelegenheit, das zweite wichtige Thema anzuschneiden. „Ich bin sicher, dass wir in dieser Gegend niemanden finden, der infrage kommt. Der erste logische Schritt wäre demnach für mich, dass wir hier wegziehen und uns eine andere Bleibe suchen. Außerdem sollten wir auch wieder arbeiten und Geld verdienen. In dieser Wohnung und in dieser Gegend verwahrlosen wir doch."

„So langsam werden wir uns einig. Lass uns mal zum Wohnungsmakler gehen, der uns ein Angebot für eine schöne Eigentumswohnung macht. Ich habe dir nämlich noch gar nicht erzählt, dass ich durch den Verkauf unseres schönen Hauses, wo wir uns kennengelernt haben, ein nettes halbes Milliönchen auf dem Bankkonto habe. Weil Martin auf seinen Anteil verzichtet hat, ist das so viel. Zurzeit sind die Zinsen aber leider so niedrig, dass nicht einmal die Inflationsrate ausgeglichen wird. So gesehen sollte man sowieso in Betongold investieren."

„Aha, wir sind inzwischen sogar verheiratet, und ich weiß nicht einmal, wie es um deine finanziellen Verhältnisse steht."

„Tja, Gülcan, das ist wirklich ein dummes Versehen meinerseits. Mir ist es aber auch erst seit wenigen Tagen bekannt, seitdem der Notar das Geld auf mein Konto überwiesen hat. Das ist natürlich keine Entschuldigung. Ich war einfach durch wichtigere Dinge abgelenkt."

„Schwamm drüber. Ich habe es schon vergessen. Dann lass uns mal eine schöne Eigentumswohnung suchen oder ein Häuschen, und wir ziehen so schnell wie möglich weg von hier. Ich fürchte, wir verblöden hier. Mir kommt es unwirklich vor."

In einer Arbeitergegend findet sich tatsächlich eine Wohnung, die auf Zuwachs ausgelegt ist, und das glückliche Paar unterschreibt den Kaufvertrag. Sie stellen fest, dass sie kaum Möbel besitzen. Nicht einmal für eine Grundausstattung reicht es. Das ist aber kein Problem. Möbelhäuser gibt es genug und die Wohnung füllt sich zügig.

KAPITEL 15

Rolf

Die Wohnung wird in recht gutem Zustand übergeben, so dass auch kaum Renovierungsarbeiten anstehen. Also können Elena und Gülcan gut gelaunt einziehen.

Es erhebt sich die Frage, ob sie eine Einweihungsparty geben sollen, nehmen aber Abstand. In der letzten Zeit gab es genug Partys. Nur die neuen Nachbarn laden sie als Neuankömmlinge ein, um sich vorzustellen und einen Eindruck zu gewinnen, mit wem sie es in der nächsten Zeit zu tun haben werden.

Es gibt neun Parteien in dem Haus. Alle Bewohner sind Eigentümer, die ihre Wohnungen selbst nutzen. Die Wohnungen sind auf jeder Etage verschieden geschnitten. Elenas und Gülcans Wohnung ist die größte mit vier Zimmern, die mittlere hat drei, die kleinste Wohnung hat zwei Zimmer.

Für die Nachbarn stellt der Einzug eines gleichgeschlechtlichen Ehepaares eine kleine Sensation dar. Man ist also höchst neugierig und erscheint gerne zu der Willkommensfeier.

Trotz aller Christopher-Street-Day-Paraden, gesetzlicher Neuerungen und gesellschaftlicher Öffnungen sind Vorurteile gegen die offene Verbindung von Mann und Mann sowie Frau und Frau im Bewusstsein vieler Bürger und Bürgerinnen noch fest verankert und nicht so leicht umzubilden, wie der eine oder andere libertäre Gesellschaftsreformer sich wünschen würde.

Elena und Gülcan haben deshalb vor der Einladung durchaus ein wenig Bammel gehabt, das Treffen entwickelt sich aber viel besser als befürchtet. Die Nachbarn stellen viele ernst gemeinte und wohlüberlegte Fragen, die von den beiden Frauen ganz ungezwungen und frei beantwortet werden. Man ist sehr angetan von der Offenheit und inneren Wärme des jungen Paares und beschließt den Nachmittag bereichert und gut gelaunt.

„Gülcan, ist dir der junge Mann auch aufgefallen? Ich glaube, er heißt Rolf. Er hat die kleine Wohnung direkt nebenan. Also, auf mich hat er einen sehr guten Eindruck gemacht. Wäre das nicht was für uns?"

Gülcan seufzt. „Elena, du bist schon wieder so schnell mit deinem Urteil bei der Hand. Okay, ich finde ihn auch ganz nett. Lass uns einfach noch ein bisschen abwarten und ihn eventuell ein wenig näher kennenlernen."

„Ich will aber nicht warten!"

„Ja klar. Gut, gut. Ich schlage vor, wir schlafen trotzdem noch ein oder zwei Nächte darüber und können ihn dann in der nächsten Zeit nochmal einladen. Wir müssen aber nichts überstürzen."

Man wohnt auf derselben Etage, trifft sich also im Treppenhaus des Öfteren und grüßt freundlich. Elena hat natürlich schnell eine passende Idee parat, wie ein näheres Kennenlernen unauffällig und unverfänglich arrangiert werden könnte. Sie ist technisch durchaus begabt, was ihr bei der Arbeit in Afrika sehr geholfen hat. Es ist für sie also kein großes Problem, den Wasserhahn in der Küche ein wenig zu manipulieren und ihn zum Tropfen zu bringen. Ein schön gleichmäßiges und unüberhörbares Tropftropftropf.

Bei der nächsten zufälligen Begegnung mit Rolf im Treppenhaus wendet Elena sich ganz lieb an den jungen Mann und erkundigt sich angelegentlich, wie es denn mit seinen handwerklichen Fähigkeiten bestellt sei, und ob er nicht mal bei Gelegenheit einen Blick auf den tropfenden Wasserhahn werfen könne. Rolf scheint ganz angetan von der Idee und sagt spontan zu. Man könnte es doch auch gleich erledigen. Es sei bestimmt keine große Sache. Und er habe den ganzen Nachmittag Zeit.

Gesagt, getan. Rolf erscheint mit einer netten kleinen Werkzeugkiste und begibt sich an die Arbeit. Der Fehler ist schnell gefunden, ein rettungslos verschlissener Dichtungsring ausgetauscht, das Tropfen ist behoben. Jubel und Begeisterung bei den technisch total unbegabten jungen Damen.

Das Kaffeewasser ist schon aufgesetzt, Elena hat einen leckeren Kuchen gebacken, man setzt sich gemütlich ins Wohnzimmer und plaudert entspannt. Elena und Gülcan haben verabredet, dass Gülcan eine günstige Gelegenheit abpassen soll, da sie das bessere Gespür habe und abwarten könne.

Bei diesem ersten Plauderstündchen findet Gülcan aber keinen Ansatz. Sie hat sowieso keine Lust, irgendetwas zu überstürzen, und findet es viel interessanter, Rolf noch näher kennenzulernen. Sie verabreden also, dass er doch gerne auch mal zum Mittagessen hereinschauen könne. Elena würde hervorragend und gerne kochen. Rolf ist richtig begeistert. Ihm würde dieses Angebot gut in den Kram passen, da er sich zwar selbst auch bekoche, das aber nur mit sehr geringer Begeisterung. Er arbeite im Schichtdienst. Wenn es sich einrichten lasse, würde er aber gerne hereinschauen.

Rolf ist gegangen, die Arbeit ruft.

„Na, das lässt sich doch hervorragend an. Mir ist der Typ auch schon richtig ans Herz gewachsen." Elena kann ihre Begeisterung kaum zügeln.

„Das stimmt schon und ich sehe es auch so. Der Mann macht einen angenehmen Eindruck. Wenn wir ihn noch näher kennenlernen, wird uns die gemeinsame Entscheidung gewiss leichter fallen.

Wir wissen ja noch nicht mal was er beruflich macht. Wir kennen seinen familiären Hintergrund nicht im Geringsten. Also, wir können uns schön Zeit lassen."

Im Zuge der gemeinsamen Mittagessen erfahren die jungen Frauen schon viel mehr über ihren interessanten Nachbarn. Rolf ist Anfang dreißig, arbeitet bei der Polizei als Kriminalkommissar in der Mordkommission, ist verheiratet, lebt aber getrennt wegen der ständig wechselnden Arbeitszeiten, hat eine entzückende zehnjährige Tochter, spielt regelmäßig Fußball, leitet die Nahkampfausbildung der Kollegen in der Polizeischule, dreht gerne Videofilme, spielt ganz leidlich Gitarre und ist Mitglied in einer kleinen Band, die gelegentlich bei diversen festlichen Anlässen auftritt. Manchmal repariert er tropfende Wasserhähne. Also ein volles Programm.

Die Mädels sind schwer beeindruckt.

„Gar keine Freundin?"

„Nicht direkt. Auf jeden Fall nichts Festes. Ich gehe ganz gerne mal mit einer Kollegin aus. Das war es aber auch schon so ziemlich."

Elena hebt an: „Weißt du, Rolf. Wir haben noch ein kleines Problemchen, über das wir gerne mit dir sprechen würden. Wir haben dir ja auch schon eine ganze Menge über uns erzählt. Nun hat sich vor einiger Zeit bei uns beiden ein besonderer Wunsch herauskristallisiert. Wir würden gerne Kinder haben. Wie du sicherlich nachvollziehen kannst, ist das bei gleichgeschlechtlichen Paaren nicht so einfach."

„Das verstehe ich nicht so ganz. Ihr könnt doch ein Kind adoptieren. Das ist bei uns zwar kompliziert, aber mit einiger Mühe und Geduld machbar, soweit ich weiß.

Oder künstliche Befruchtung. Ihr seid ja noch jung und gesund. Das dürfte kein großes Problem sein."

Elena und Gülcan drucksen vor sich hin. Dann fasst Gülcan sich ein Herz.

„All diese Gesichtspunkte haben wir auch schon gründlich erwogen und gewälzt, wie du dir vielleicht denken kannst. Wir hätten es aber lieber auf natürlichem Wege."

Rolf kapiert nicht sofort.

„Darf ich das so verstehen, dass ihr euren natürlichen Weg jetzt in der letzten Zeit so nett bekocht und unterhalten habt?"

Diesmal traut sich Elena.

„Wir hatten uns das so gedacht. Wir hoffen, dass es dir vielleicht nicht so besonders große Mühe machen würde, und auch ein bisschen Spaß eventuell."

„Die ganze wochenlange Inszenierung hat nur dazu gedient, zu ermitteln ob ich als Erzeuger für eure Nachkommenschaft gut genug bin? Also, ich bin mir nicht sicher, ob ihr euch das gut überlegt habt. Ich weiß auf jeden Fall, dass ich als Deckhengst nicht zur Verfügung stehen werde. Möglicherweise bin ich ja auch schwul. Dann wäre all eure Liebesmüh ganz umsonst gewesen."

„Nein, nein. Da sind wir uns ganz sicher, schwul bist du nicht."

„Na, da bin ich aber froh." Rolf steht auf. „Leider muss ich euch enttäuschen. Ich fürchte, ihr habt auf das falsche Pferd gesetzt. Aber Dank für Speis und Trank, und man sieht sich."

Elena und Gülcan sitzen wie vom Donner gerührt.

„Was haben wir denn falsch gemacht?"

„Ich weiß nicht so recht. Vielleicht hat er sich einfach überrumpelt gefühlt."

„Irgendwie war das Kräfteverhältnis wohl ungerecht verteilt. Wir zu zweit, er ganz allein. Ein kleiner Dorf-Schupo gegen zwei Sahneschnitten." Elena muss kichern. „Wir sollten ihm mal etwas Zeit lassen. Es arbeitet jetzt bestimmt ganz heftig in ihm. Wenn er sich in den nächsten Tagen klar darüber wird, was für eine einmalige Gelegenheit er da hat sausen lassen, wird er sich beruhigen und nochmal auf uns zukommen. Da bin ich mir ganz sicher."

Man wohnt auf derselben Etage, lebt Tür an Tür, begegnet sich täglich im Treppenhaus, grüßt höflich und denkt nach.

Drei Wochen Nachdenken kommen Gülcan dann doch ein bisschen übertrieben lange vor. Sie wartet ab, dass Elena mal einige Stunden aus dem Haus ist, sucht sich ein schickes Sommerkleidchen aus dem Kleiderschrank und klingelt an Rolfs Wohnungstür. Rolf öffnet.

„Können wir sprechen?"

„Na klar, du schönes Kind, komm einfach herein." Der Größenunterschied der beiden Wohnungen springt ins Auge. Wohnzimmer, Schlafzimmer, Küche, Bad, das wars. Das Schlafzimmer hat interessanterweise ein schönes Doppelbett. „Was kann ich Gutes für dich tun?" Gülcan überkreuzt die Arme vor der Brust, streift die Spaghettiträger von den Schultern und lässt den Fummel zu Boden gleiten. Darunter die reine Natur.

Mit so viel Offensive hat Rolf eindeutig nicht gerechnet. Er macht den Eindruck, als ob ihm gerade ein Geist erschienen ist. „Na, sowas bekomme ich auch nicht alle Tage zu Gesicht."

Gülcan legt ihm sacht den Zeigefinger auf die Lippen, und beginnt sein Hemd aufzuknöpfen. Dann ist die Hose dran und der Schlüpfer. Beide sind nackt. Rolf ist wie gelähmt, kommt aber schnell wieder zu sich. Sie pressen sich aneinander und stolpern ins Schlafzimmer.

Elena ist schon wieder zuhause, als Gülcan die Wohnung betritt. Sie sitzt am Küchentisch und betrachtet Gülcan interessiert.

„Gut siehst du aus."

Gülcan ist noch ganz benommen von dem Erlebnis der letzten zwei Stunden. „Danke."

„Wars denn schön?"

„Entschuldige, ich muss mal kurz verschwinden." Gülcan spürt, wie ihr noch etwas Sperma an den Schenkeln herunterläuft und sucht das Bad auf.

„Verzeih, was hattest du mich gefragt?"

„Gülcan, ich fragte dich, ob es schön war!"

„Ich verstehe im Moment nicht, was du genau meinst."

„Ach ja, natürlich. Ich vergaß: die Unschuld vom Lande. Leider ist das Haus recht hellhörig. Rolfs Schlafzimmer und unser Wohnzimmer liegen direkt Wand an Wand. Und deine Geräusche, die du beim Vögeln ausstößt, sind mir auch sehr vertraut. Also frage ich nochmal, ob es schön war."

„Elena, dein Gequatsche geht mir auf den Geist. Es geht dich zwar nichts an, aber ausnahmsweise verrate ich dir, dass es nicht nur schön war, sondern sogar sehr schön. Rolf ist ein wunderbar einfühlsamer, rücksichtsvoller und nebenbei sehr potenter Liebhaber. Ich hätte auch noch lauter schreien können, aber ich wollte nicht das ganze Haus zusammenbrüllen."

Elena springt auf und beginnt vergnügt durch die Küche zu tanzen. Sie bearbeitet die Lüfte mit Karateschlägen und singt: „Reingelegt, reingelegt, reingelegt."

Seufzend setzt sie sich gegenüber Gülcan wieder an den Tisch, stützt das Kinn in die Hände und schaut ihr zwinkernd in die Augen.

„Ich hatte meinen Termin schon letzte Woche, lieber Schatz. Es war einfach wunderbar."

Gülcan benötigt ja immer etwas mehr Zeit um zu kapieren. Sie bemerkt, dass immer noch einige Sperma-Tröpfchen an ihren Schenkeln herabsickern. Rolf hat sich wahrhaftig verausgabt. Ihr wird immer noch ganz schwummerig bei der Vorstellung.

„Aha, toll, ich verstehe schon. Du warst mal wieder schneller als ich. Jetzt sind wir demnach quitt und freuen uns gemeinsam auf das Ergebnis unserer kleinen Einzelausflüge, um nicht zu sagen Seitensprünge."

„Also, Seitensprung empfinde ich in dem Zusammenhang als ziemlich harten Ausdruck. Einzelausflug gefällt mir viel besser. Wir haben das schließlich alles fast bis in die Einzelheiten besprochen und geplant. Und ich möchte mir nicht unbedingt mit ansehen, wenn Rolf dich zum Höhepunkt treibt. Es war schon wenig unterhaltsam genug, den Schlamassel akustisch über mich ergehen zu lassen."

„Du hättest ja einen Spaziergang machen können oder die Ohren zustopfen."

„Nein, ich bin eher aus Verantwortungsbewusstsein dabeigeblieben. Es hätte ja schließlich eine Notsituation eintreten können, und ich hätte helfend eingreifen müssen."

„Ja, genau. Die berühmte Notsituation. Was sollte das denn bitte schön sein? Hast du Sorge, dass ich zum Beispiel beim Lutschen eine Maulsperre kriegen könnte?"

Elena schmeißt es vor Vergnügen fast vom Hocker. „Das habe ich bei dir schon immer so geliebt. Wenn du wütend bist, kannst du richtig bildhaft werden und vulgär."

„Okay, das bringt jetzt nichts mehr. Ich gebe zu, ich habe beim Zusammensein mit Rolf mehr empfunden, als ich mir hätte vorstellen können. Der Verkehr mit einem Mann ist einfach anders als mit einer Frau. Mit

Männern habe ich ohnehin fast keine Erfahrung. Ich kann mir allerdings gut vorstellen, dass es für dich auch schön gewesen ist."

Elena dehnt und streckt sich. „Worauf du einen lassen kannst. Rolf ist für uns der perfekte Mann. Besser kann ich es mir unter keinen Umständen vorstellen."

„Und überlegen wir, wie es weitergehen soll? Unser Sperma haben wir ja jetzt. Sind wir mit dem Thema Rolf dann durch oder geht es doch noch irgendwie weiter?"

„Tja, es ist leider viel komplizierter, als wir in unserem jugendlichen Leichtsinn uns hätten träumen lassen. Wir müssen einfach mit Rolf ganz ausführlich und eingehend sprechen. Ich habe keine Ahnung, was er von der verrückten Situation hält. Ich kann mir nicht vorstellen, dass ihn kaltlassen würden, wenn wir seine Kinder zur Welt bringen und anfangen, sie hier in seiner unmittelbaren Nachbarschaft großzuziehen. Mich würde es zerreißen, und ich glaube, dass du es mindestens ähnlich siehst."

„Na ja, ich sehe es ganz genauso. Rolf ist einfach ein wunderbarer Mensch, soweit ich das beurteilen kann. Aber richtig gut kennen wir ihn ja noch gar nicht."

„Und was ist mit unserem Phantom-Blick?"

„Ja schon. Diese engvertraute Beziehung haben wir aber mit ihm noch nicht. Wir müssen einfach ganz ausführlich und offen mit ihm sprechen. Ich kann mir gut denken, dass er für die erforderliche geistig-seelische Intimität bereit ist oder wenigstens nicht weit davon entfernt.

Die meisten Menschen sehnen sich doch verzweifelt nach enger Vertrautheit und finden nicht den Absprung, weil sie zum Beispiel eine ganz falsche Erziehung genossen haben oder einfach ängstlich sind."

Elena sinniert: „Also, ängstlich ist Rolf nicht. Das hätte ich gespürt. Und du gewiss ebenfalls. Ich finde ihn sogar sehr in sich ruhend. Wir werden gemeinsam mit ihm eine gute Lösung finden.

Und jetzt das andere Thema: Siehst du bei mir schon etwas?"

Gülcan konzentriert sich. „Ich bin mir jetzt ganz sicher. Da bewegt sich eine wunderbare kleine Seele auf dich zu. Deine Aura hat sich auch verändert. Sie ist farbiger geworden und strukturierter. Alle Bewegungen wirken ruhiger und gleichmäßiger. Das wird eine unglaubliche Erfahrung für uns beide.

Was sagst du?"

„Mein Eindruck ist sehr ähnlich. Die Bewegungen sind rhythmisch und zentriert. Ich sehe eine große Offenheit und Freude.

Ach Gülcan, dass wir beide so etwas gemeinsam erleben dürfen. Wir sind so nahe beieinander. Ich habe mich oft so schrecklich einsam gefühlt, auch und gerade, wenn ich unter Menschen war. Das hast du mit einer einzigen Bewegung weggewischt.

Und jetzt sind zwei kleine Wesen dabei, an unsere Seite zu treten. Ich glaube, es wird noch eine ganze Zeit dauern, bis ich richtig verstanden habe, was da mit mir und mit uns passiert."

Man wohnt Tür an Tür, man begegnet sich im Treppenhaus, man grüßt. Nach einigen Tagen hat Gülcan das Gefühl, dass ihr Gespräch nicht weiter auf die lange Bank geschoben werden sollte.

„Rolf, könnten wir uns in der nächsten Zeit mal zusammensetzen und sprechen? Wir haben uns so viele Gedanken gemacht und möchten wissen, was du dazu sagst."

„Ja klar, meinetwegen auch gleich. Ich habe heute Zeit, wenn nicht ein dringender Anruf kommt. Ich habe mir übrigens auch Gedanken gemacht."

„Ja, das ist wunderbar. Wir kommen gleich rüber."

Elena und Gülcan stehen vor Rolfs Tür und klingeln. Beide haben sich für diese Gelegenheit etwas sittsamer angezogen. Beide sind auf eine ungewohnte aber nicht unangenehme Art gespannt und aufgewühlt. Sie setzen sich zu dritt an den Wohnzimmertisch.

„Rolf, zuerst das Wichtigste. Wir sind beide schwanger."

„Hui, das ging ja flott. Ich bin auf diesem Gebiet nicht Fachmann, aber kann man das überhaupt so schnell wissen? Es ist noch nicht mal eine Woche her. Zumindest bei dir, Gülcan."

„Das ist einer der Gründe, warum wir so dringend mit dir sprechen wollten."

„Wir haben bemerkt, dass wir uns leider doch sehr übereilt in dieses Abenteuer gestürzt haben. Insbesondere haben wir dich als Person eigentlich in keiner Weise angemessen in unsere Überlegungen einbezogen. Du wirst ja jetzt immerhin Vater. Es ist ungerecht und unangemessen, dass wir dich sozusagen wie einen Gegenstand, wie ein Werkzeug benutzt haben, um uns unseren innigen Wunsch zu erfüllen."

„Dafür wollen und müssen wir uns in aller Form bei dir entschuldigen. Es würde uns glücklich machen, wenn du die Entschuldigung annimmst und wir gemeinsam nachdenken, ob wir in irgendeiner Form eine Familie werden können. Wir finden, dass du ein genauso großes Anrecht hast wie wir, die beiden neuen Erdenbürger zu begrüßen, zu begleiten und zu beschützen."

„Das ist jetzt eine ganze Menge an Eindrücken. Ihr müsst mich bitte einen Moment entschuldigen."

Die beiden Frauen fühlen sich auch ziemlich angefasst und sind froh, dass es nach diesen emotional aufwühlenden Minuten eine kleine Erholungspause gibt.

Rolf hat sich beruhigt und setzt sich wieder an den Tisch.

„Ihr seid schon ganz besondere Wesen. Ich habe mit Menschen inzwischen auch ein wenig Erfahrung. Aber sowas wie euch habe noch nicht erlebt. Ihr seht nicht nur aus wie Engel, irgendwie seid ihr auch innerlich so, wie man sich Engel vorstellt. Unbefleckt und rein. Ich glaube, ich werde lange brauchen, bis ich damit umgehen kann. Und bis ich verstanden habe, dass ich jetzt Vater werde, wird es auch noch ein Weilchen dauern.

Also, ich habe wirklich noch nicht alles verstanden. Ihr sagtet, wir wären jetzt eine Familie. Wie soll das denn gehen? Ich weiß ja, dass ihr beide verheiratet seid. Ich kann das auch gut annehmen, wobei ich zugeben muss, dass ich lange gebraucht habe, mich an die Vorstellung zu gewöhnen, dass es eben auch gleichgeschlechtliche Ehen geben kann.

Man muss sich wohl nicht stur und fundamentalistisch an Gottes Gebot im Alten Testament halten, nachdem er Adam und Eva aus dem Paradies vertrieben hatte: ‚Seid fruchtbar und mehret euch.‘ Das funktioniert bei Paaren wie euch eben nicht, und sie müssen sich Hilfe von außen holen.“

„Hallo Rolf, wir werden jetzt sicherlich nicht in einen theologischen Disput eintreten. Das ist in keiner Weise unser momentanes Anliegen. Immerhin hat Gott seinen Sohn zu den Menschen geschickt, der die Sünden der Welt auf sich genommen hat. Natürlich entlastet uns das nicht von der Verpflichtung, all unsere Bemühungen auszurichten auf das unablässige Streben nach dem Guten.

Du kannst sicher sein, dass Elena und ich sehr gerungen haben, bevor wir diese Verbindung eingegangen sind. Es waren allerdings durchaus weniger Glaubensvorschriften, die wir über Bord geworfen haben, sondern ein ganzer Sack voller spießbürgerlicher und lebensfremder Vorurteile und Vorschriften, die von diversen gesellschaftlichen Institutionen, nicht zuletzt den Familien, schön warmgehalten werden, um die Bürger in einem permanenten Zustand des schlechten Gewissens, der gegenseitigen Kontrolle und der Unfreiheit zu halten. Das haben Gestapo und Stasi auch nicht besser hingekriegt."

„Gülcan, ich könnte dir stundenlang zuhören. Verzeihung, das war jetzt total unangemessen. Wenn du nicht schon verheiratet wärst, würde ich auf der Stelle vor dir auf die Knie fallen und um deine Hand anhalten. Elena, du solltest jetzt nicht eifersüchtig werden."

„Mach dir keine Sorgen. Unsere Eifersuchtsanwandlungen haben wir schon vor ein paar Tagen gründlich abgearbeitet. Wenn ich zwischendurch auch mal was sagen darf: Ich finde, wir sind bereits hier und jetzt so richtig tief in eine wunderbare familiäre Stimmung eingetaucht. Wir müssen nur voller Mut und Zuversicht in dieser Weise weiterarbeiten und werden vor Gott und der Welt nichts falsch machen."

„Rolf, wir wollten dir etwas zeigen. Dafür müssen wir uns aber nebeneinander auf dein tolles Doppelbett legen und uns an den Händen halten. Natürlich ganz züchtig und keusch. Wir könnten auch einfach auf dem Boden liegen, aber das Bett ist weicher."

Rolf hat sowieso die Hoffnung aufgegeben, von all den Neuigkeiten, die zurzeit auf ihn einstürmen, auch nur einen Teil zu verstehen. Er ist aber von den beiden Frauen, die vom Schicksal in sein kleines Leben gespült worden sind, von ihrer Ausstrahlung und ihrer Selbstsicherheit so angetan, dass er sich ohne weiteren Protest ins Schlafzimmer führen lässt.

Rolf liegt in der Mitte, Elena und Gülcan rechts und links neben ihm. Sie halten sich an den Händen. Die Augen sind geschlossen. Die beiden Frauen beginnen ein seltsames Gesumme und Gesinge, das den ganzen Raum erfüllt. Rolf hat den Eindruck, dass der Gesang nicht nur von den Frauen zu ihm dringt, sondern von allen Seiten, von oben und von unten. Der Gesang wird volltönender und machtvoller. Ein seltsames Schwindelgefühl ergreift den Mann.

Obwohl die Augen geschlossen sind, kann er sehen und seine Umgebung wahrnehmen. Das Zimmer erscheint in eigenartigen Farben, die er nicht benennen könnte. Schockartig wird ihm klar, dass er über dem Bett schwebt und zwei Gestalten neben sich hat, die ihn an den Händen halten. Unter ihm drei ruhende Körper.

‚Das bin ja ich. Das sind die beiden Frauen!'

„Du musst weiter ganz entspannt und ruhig bleiben, Rolf."

Das ist eindeutig Gülcans Stimme. Sie dringt aber nicht von außen zu ihm, sie entfaltet sich in seinem Inneren.

„Wir machen jetzt einen kleinen Ausflug. Halte dich nur weiter schön eng an uns, dann wird dir nicht das Geringste passieren."

Das ist Elena. Die Stimme wirkt wie Glockengeläut. Machtvoll und wohltönend.

Das Trio jagt durch die Decke und das Dach des Hauses. Sie verharren einige Minuten schwebend über der Stadt. Alle Einzelheiten sind gut zu erkennen aus der Vogelperspektive. Nur die fremdartigen Farben sind gewöhnungsbedürftig. Pflanzen, Tiere, Menschen scheinen aus sich heraus zu leuchten. Manche der Lichtquellen wirken angenehm und beruhigend, insbesondere die der Pflanzen. Das Licht aus den Tieren macht einen eher flackernden, unruhigen Eindruck, die Lichterscheinungen der Menschen sind sehr verschieden. Manche glitzernd, andere flirrend und wild. Es sind auch ruhigere Flammen zu sehen mit schönen und harmonischen Einfärbungen.

„Lass es einfach auf dich wirken, Rolf."

Die Reise geht weiter mit einer wahrlich atemberaubenden Geschwindigkeit. Sie verlassen den erdnahen Bereich der Atmosphäre und treiben in ruhigerem Tempo. Elena und Gülcan sind weiterhin dicht neben ihm.

„Nur nicht loslassen, Rolf. Wir dürfen uns nicht verlieren. Noch kannst du nicht steuern und dich nicht orientieren."

Der Erdkreis bietet einen traumhaft-überwältigenden Anblick. Allerdings trübt das Bild sich durch rätselhafte Dunkelwolken ein, die eindeutig über Regionen lagern, die von städtischen und Industriegebilden beherrscht werden.

„Was dir gerade so unangenehm und störend ins Auge fällt, sind die bösen und selbstsüchtigen Gedanken und Taten der dort ansässigen Menschen."

An nicht wenigen Stellen reißen die Dunkelwolken wiederum auf und werden von wunderschönen farbigen Lichterscheinungen beiseitegeschoben.

„Dort siehst du die Einwirkungen von Menschen und Menschengruppen, die ins Gebet oder in Meditationen versunken sind, oder die sich in liebevoller und selbstloser Weise um die Nöte und Anfechtungen ihrer leidenden Mitmenschen kümmern."

„Von hier aus kannst du in aller Deutlichkeit erkennen, wie der Kampf zwischen den Geistern des Lichts und den Geistern der Finsternis auf der Erde tobt und ausgefochten wird in den Häusern, auf den Straßen, auf den Plätzen, in den Dörfern und in den Städten."

„Selbst hier oben breiten die Dunkelwolken sich aus. Sieh nur den ganzen technischen Schrott, der hier um die Erde kreist, immer mehr wird und den Erdkreis mit all seinen Bewohnern von heilenden Geistwirkungen abzuschneiden versucht."

Es genügt. Rolf schlägt die Augen auf. Neben ihm erheben sich die beiden Frauen und helfen ihm auf, da er sich noch richtig benommen fühlt und eine gewisse Zeit braucht, um gänzlich zu sich zu kommen.

„Seid ihr so eine Art neuzeitliche Hexen? In früheren Zeiten hat man sowas verbrannt."

„Also Rolf, das geht jetzt zu weit. Wir wissen, dass du Polizist bist, aber man kann auch als Beamter mal versuchen, seine eingleisige Lebenssicht zu revidieren. Vielleicht hast du einfach schon zu viele Leichen gesehen. Das Leben besteht aber nicht nur aus Mördern und Totschlägern."

Elena ist dabei, richtig in Fahrt zu kommen.

„Hexen! Wenn dir nichts Besseres einfällt nach solch einem Ausblick, dann kannst du dich genauso gut gleich einsargen lassen. Ich habe ehrlich ein wenig mehr Verständnis und Interesse von dir erwartet."

„Tut mir leid. Das sollte ein Scherz sein. Ist wohl voll danebengegangen."

„Geht schon klar. Ich bin manchmal etwas überempfindlich. Wir haben nur versucht, dir einen Einblick in unsere Lebenssituation zu geben. Im Mittelpunkt steht für uns das werdende Leben, und wenn wir tatsächlich so eine Art Lebensgemeinschaft gründen wollen, müssen wir wissen, worauf wir uns da einlassen. Auch du musst es wissen, und wir wären unendlich glücklich, wenn wir zu einer dauerhaften und liebevollen gegenseitigen Wahrnehmung finden würden. Das wird bestimmt nicht einfach, für dich nicht und für uns nicht. Aber ich bin sicher, wenn wir uns Mühe geben, finden wir den gemeinsamen Weg."

„Sag mal Rolf, du hast doch bestimmt jede Menge Überstunden, die du abbummeln kannst. Es wäre schön, wenn du ein oder besser zwei Wochen freimachen könntest. Dann würden wir gerne mit dir nach Südafrika fliegen und dich Frank vorstellen."

„Und wer, bitte schön, ist Frank?"

„Auf Neuhochdeutsch würde man sagen, er ist unser Guru. Das trifft aber nicht den Kern. In Afrika sagt man Schamane. Er ist unser geistiger Vater. Wenn er unsere Verbindung segnen würde, könnten wir mit ganz großer Zuversicht in unsere gemeinsame Zukunft aufbrechen.

Es hängt nicht davon ab, aber ich finde, bei aller Liebe, dass es für dich eine enorme Vergrößerung deines Gesichtskreises wäre. Wir würden uns bei der Gelegenheit noch viel besser kennenlernen, und ich glaube, dass das auch ganz in deinem Sinne wäre. Wir beide lieben dich von ganzem Herzen, und wir möchten, dass die zarten Keime gut gepflegt werden."

„Ja, ich glaube, dass ich inzwischen ein bisschen besser verstehe. Wenn ich vernagelt wäre, würde ich wohl sagen, dass ihr mich offensichtlich für ungebildet haltet. Aber ich glaube, dass das nicht der Fall ist. Ich sehe auch ein, dass unsere besondere Beziehung mehr Taktgefühl erfordert, als ich bisher aufgebracht habe im Leben.

Bei der Polizei herrscht nun mal ein rauer Ton. Das färbt auf die Dauer ab. Es wird mir auch immer deutlicher, dass ihr mir eine Chance geben wollt. Ihr könnt sicher sein, dass ich das zu schätzen weiß und mir mehr Mühe geben werde. Mit der Liebe, die ihr mir schenken wollt, werde ich erst lernen müssen, in der richtigen Weise umzugehen. Das wird Zeit kosten."

Elena und Gülcan umarmen den Mann.

„Es wird ganz bestimmt nicht einfach werden. Aber wir werden uns alle sehr bemühen."

KAPITEL 16

Heimreise

Der Flug verläuft wie gewohnt reibungslos. Selbst die Männlein und Bübchen kommen nicht auf die Idee, unangemessene Annäherungsversuche zu starten. Irgendwie hinderlich ist wohl die Tatsache, dass die Objekte der Begierde sich in Begleitung eines hochgewachsenen und offensichtlich sportlich trainierten Mannes befinden, der auch noch recht direkt und aufmerksam dreinschaut.

Das Empfangskomitee ist diesmal kleiner und in etwas gedrückter Stimmung. Frank soll es nicht gutgehen.

Gülcan, Elena und Rolf eilen an Franks Krankenlager.

„Frank, machst du uns Sorgen?"

Frank liegt halb aufgerichtet auf einem Bett der Krankenstation. Die Augen sind geschlossen, Schweiß auf der Stirn, der Atem geht etwas mühsam. Neben dem Bett steht ein Sauerstoff-Gerät.

Frank öffnet die Augen. Der Blick ist zurückgenommen, aber immer noch wach und präsent.

„Elena, Gülcan. Wie schön. Und der junge Mann muss Rolf sein. Ich begrüße euch."

„Frank, wie geht es dir?"

„Nun ja, schon etwas schwach. Ihr wisst ja, wie das geht. Ich werde erwartet.

Das Schiff wirft die Leinen los.

Wie schön, dass ihr da seid. Ich möchte euch segnen."

Frank streicht den dreien über das Haupt, lächelt.

„Jetzt bin ich müde."

Franks Erdenabschied wird noch in Jahren und Jahrzehnten Gesprächsthema in den Zelten und Hütten sein.

Eine der beliebtesten Versionen beschreibt, wie Frank sich von seinem Krankenlager aufrichtet und mit ausgebreiteten Armen in der Mitte des Zeltes steht. Der Leib beginnt zu leuchten, es ist ein Summen und Tönen um ihn, das Zelt von Lichtwesen bevölkert. Frank kehrt ein in die Himmelssphären.

Da das Geschehen sich des Nachts zuträgt und deshalb nur die eine Schwester anwesend ist, die Nachtwache am Krankenlager hält, und somit nur eine einzige Augenzeugin, sind der schöpferischen Phantasie und der Legendenbildung Tür und Tor geöffnet.

Am frühen Morgen, als Elena, Gülcan und Rolf zum Zelt eilen, in dem Frank untergebracht ist, bemerken sie zu ihrem Befremden eine lange Schlange von still Wartenden vor dem Eingang. Sie erhalten die Auskunft, dass Frank im Laufe der Nacht gen Himmel aufgefahren ist.

Mike taucht auf und geleitet die Drei an der Schlange der Wartenden vorbei in das Zelt. Dort ist ein Altar neben dem Krankenlager aufgerichtet. Auf dem Altar sind ein schönes großes Foto von Frank und eine Reproduktion der Auferstehungsszene des Isenheimer Altars von Meister Grünewald aufgestellt.

Ganz besonders diese Darstellung der Auferstehung des HERRN hat Frank geliebt. Er hatte auf seinen Reisen gerne in Colmar im Elsass Station gemacht und immer lange vor den Altarbildern des Meisters gesessen, versunken in Meditation und Gebet.

In Ermangelung des Leichnams ist ein großes Gemälde von Frank aufgestellt worden, welches ihn in Siegerpose zeigt, gekleidet in ein Löwenfell, den linken Arm auf einen Speer gestützt, den rechten Arm deutend zum Himmel, den Blick nach oben gerichtet. Ein namhafter Kunstmaler hat das Gemälde vor Jahren angefertigt, als

Frank sozusagen noch jung und hübsch war. Man mag es für kitschig halten, in gewisser Weise trifft es Franks Wesensart aber ganz gut.

Zur Durchführung der Trauerfeier ist ein befreundeter Schamane aus der Nachbarschaft herbeigeeilt. Er leitet die Zeremonie und hält eine fulminante Gedenkansprache, von der noch in Jahren berichtet werden wird.

Im Übrigen vollzieht sich das Gedenken in Würde und Takt.

Gülcan, Elena und Rolf wandern in Gedanken versunken zurück zu Elenas Hütte. Rolf hat Geschehnisse wie hier in diesem Camp noch nie erlebt, er hatte keine Ahnung und keine Vorstellung von der Größe des Projekts und der Begeisterung, die er bei den Mitarbeitern und Mittätigen wahrgenommen hat. Seine Gedanken wälzen sich hin und her, wie damals bei Gülcan, bevor sie Elena ihren Antrag machte.

„Elena, Gülcan, ich möchte nicht mehr zurück nach Deutschland. Ich will hier bei euch bleiben und mitarbeiten und mithelfen."

Die beiden Frauen glauben ihren Ohren nicht trauen zu dürfen. Der kleine Spießer Rolf ist gerade dabei, über sich hinauszuwachsen.

Elena springt auf und landet auf Rolfs Schoß. „Rolf, würdest du das tatsächlich tun? Ich kann es nicht glauben!" Sie umarmt und herzt ihn.

Gülcan betrachtet die Szene. Es versetzt ihr einen leichten Stich, wie damals, als sie Elena mit Mike beobachtet und nicht verstanden hatte. Jetzt glaubt sie zu verstehen, steht leise auf, tritt behutsam durch die Tür und wandert still und versunken durch die Gassen und über die Wege.

Vor dem Zelt, in dem die Andachtsfeier stattgefunden hat, begegnet sie Mike, der auf einer Bank Platz genommen hat, und in der Ruhe und Stille seinen Gedanken nachhängt. Gülcan setzt sich neben ihn. Sie verspürt eine Nähe und Geborgenheit, die sie zuletzt gefühlt hatte, als sie beim Leichnam ihres geliebten Karl-Heinz gesessen und die Totenwache gehalten hatte.

Mike schaut sie an. Gülcan nickt. Er atmet tief und legt seinen linken Arm fest um sie. Sie nimmt seine Rechte, legt sie auf ihr Babybäuchlein, lehnt ihren Kopf an seine Schulter. Versonnen blickt sie vor sich hin. Erst jetzt beginnt sie, die Bedeutung des Wortes zu verstehen, um das sie sich nie gekümmert hat und das ihr bisher nicht wichtig gewesen ist:

HEIMAT

HERZ FÜR AUTOREN A HEART FOR AUTHORS À L'ÉCOUTE DES AUTEURS MIA KAPΔIA ΓIA ΣYΓΓ
ÄRTA FÖR FÖRFATTARE UN CORAZÓN POR LOS AUTORES YAZARLARIMIZA GÖNÜL VERELIM S:
RE PER AUTORI ET HJERTE FOR FORFATTERE EEN HART VOOR SCHRIJVERS TEMOS OS AUT
ZÖINKÉRT SERCE DLA AUTORÓW EIN HERZ FÜR AUTOREN A HEART FOR AUTHORS À L'ÉCO
ÇÃO BCЕЙ ДУШОЙ K ABTOPAM ETT HJÄRTA FÖR FÖRFATTARE À LA ESCUCHA DE LOS AUTO
ARIMI A ΓIA ΣYΓΓPAΦEIΣ UN CUORE PER AUTORI ET HJERTE FOR FORFATTERE EEN
RE N ERZÖINKÉRT SERCE DLA AUTORÓW EIN HERZ FÜ
SCHRI S AS A ORAÇÃO BCЕЙ ДУШОЙ K ABTOPAM ETT HJÄRTA FÖ

Der Autor

Christoph Ulbrich wurde 1949 in Pinne-
berg geboren. Er wuchs behütet in Berlin
auf und war nach Abschluss der Mittleren
Reife und einem Maschinenbaupraktikum
bei Siemens in verschiedenen Bereichen
tätig: Als Kraftfahrer, Funkoffizier auf
Großer Fahrt, Landwirt und Erzieher in
sozialtherapeutischen Einrichtungen und
schließlich über 20 Jahre als Hafenarbeiter
in der Funktion eines Van-Carrier-Fahrers im Hamburger
Freihafen. Mit diesem vielfältigen Hintergrund wurde er
zu einem aufmerksamen und kritischen Beobachter und
macht sich gerne seinen eigenen Reim auf die Dinge und
Geschehnisse in seiner näheren und ferneren Umgebung.
Die Neigung zum Tüfteln, Konstruieren und Verbessern
brachte ihm vier Patente ein und übertrug sich auf seine
Freude am Schreiben. Hier konnte er seiner Neugier und
Beobachtungsgabe geduldig eine Form geben, die auch
für Außenstehende interessant sein kann.
Bisher hat Herr Ulbrich in fachbezogenen Artikeln seine
Ideen und Gedanken zu Wirtschaftsfragen, Geldwesen
und religiös-philosophischen Themen niedergelegt und
zum Teil auch veröffentlicht.
Nach zwei geschiedenen Ehen lebt Herr Ulbrich heute
glücklich verheiratet in dritter Ehe in Lübeck und hat als
Rentner Zeit für seinen ersten Roman gefunden.

Der Verlag

Wer aufhört
besser zu werden,
hat aufgehört
gut zu sein!

Basierend auf diesem Motto ist es dem novum Verlag
ein Anliegen, neue Manuskripte aufzuspüren, zu ver-
öffentlichen und deren Autoren langfristig zu fördern.
Mittlerweile gilt der 1997 gegründete und mehrfach
prämierte Verlag als Spezialist für Neuautoren in
Deutschland, Österreich und der Schweiz.

**Für jedes neue Manuskript wird innerhalb we-
niger Wochen eine kostenfreie, unverbindliche
Lektorats-Prüfung erstellt.**

Weitere Informationen zum Verlag und
seinen Büchern finden Sie im Internet unter:

www.novumverlag.com